JN124946

全国生活語詩の会 編

現代生活語詩集2022

地球・THE EARTH

竹林館

はじめに

有馬　敲

太陽系に属する地球はおよそ四六億年前に生まれ、灼熱の星であった。しかし徐々に冷やされ、海ができたのは四〇億年前とされる。それ以後も地球は地殻変動を続けて変化してきた。しかし一九九七年頃には京都議定書が採択され、地球の気温上昇が二〇パーセントを超えると深刻な事態になると考えられてきた。それから二十年以上たっても、目標は実質的に達成されていない。

人間は自然界に手を加えすぎて、ひとつの地質時代に終止符を打ってしまった。それが人新世の最大の教訓である。だからその時代は人新世ではなく、孤独世と呼ぶにふさわしいというひともいる。

はたしてそうなってしまうのか。残された時間は少ない。表現者として、地球を自己回復させるには、何ができるのか考えていく必要があるだろう。

生活語詩運動の提唱者であり、長らくこの会の代表をされていた有馬敲さんが令和4年9月24日ご逝去されました。監修者としてみなさまの原稿に目を通され、最後まで本書の発行を楽しみにされておられました。謹んで心よりご冥福をお祈り申しあげます。合掌。

目次

Ⅴ　北陸　扉・金田久璋　129

Ⅵ　関西　扉・榊　次郎　143

X　沖縄　扉・ムイ・フユキ　269

現代生活語詩集2022　地球・THE EARTH

カバー写真　尾崎まこと

Ⅰ 北海道

わやなんです、ホッカイドウ

村田 譲

北海道は日本でもっとも標準語に近く、方言などというものとは無縁であると思っていました。ただ、生まれた室蘭という街は〝鉄の街〟と近代的な雰囲気を醸しながら、「べさ」とか「だべ」という浜言葉があり、それを汚い言葉であると子どもの頃は大嫌いであったのです。

しかし年齢があがると次第次第に、異様なほどに北海道弁というものがあるということに気づかされました。まあ、「じょっぴんかる」（鍵を掛ける）とか、「でれっき」（火かき棒）は死語となってきたようですが、棒は今でも「ぼっこ」ですし、ゴミは捨てるのではなく「投げる」ものなので、今朝もゴミステーションに投げてきました。

そもそも地名がおかしいのです。ベースがアイヌ語に当て字したからだとは聞くのですが、本当ですかねぇ？　北の都である札幌ではありますが、どうやって小文字の「っ」であり「ぽ」なのか。このサッポロ近郊の花畔（ばんなぐろ）ってどんな当て字なのですか？　小樽市民しか読めないとされる忍路（おしょろ）って付けたのは誰ですか、読めねーだろが。あ、失礼。明確にひどいのが苫小牧です。とまこマキではなく、とまこマイと読むのですが、国語の成績悪いヤツ連れてきたんじゃあないのかと思わされます。

ついでに言っておきますと、生活語詩集の朗読会に参加しますと、北海道は方言がないよね的な言い方を随分とされるわけですが、それは単にディープな北海道を知らないということでしかありませんデス。

なのでコロナに飽きたら、是非に蝦夷地の観光をお勧め致します。でも、ウニ飯なんて三千円も払って食うもんじゃァないですよ（笑）。

異変

東　延江

空気が熱気で動かない
山道さえアスファルトでかためられ
人間はもはや砂利道や土の上を歩くのを忘れ
土たちは
アスファルトや巨大ビルの下でうめきつづけ
声もかれた
科学も文明も少しずつ　確実に
地球という球体を喰いちぎり
やがてこわれそうになった　とき
人は逃れ場をどこに求めるのか
そうだ火星というあの星がある
宇宙船という手もあった
追いつめられた人間はどこにゆく
ノアの箱舟はもうやってこない

猛暑が続いた昼どき
都会の真中を流れる河川を泳ぐ熊がいた
大勢の警官　市の役人　銃をかついだ人が
河畔を取り囲み
テレビカメラが並び
野次馬が押し寄せた

銃をかついだ人に
　打て　打て
と叫ぶ野次馬
まわりに人家があるから駄目だと
必死に説明する銃の人
熊は河畔の人間共に見向きもせず
川の深みを楽しげに泳ぎ
川下に下って消えた

老人がひとこと
　熊も山ん中でもこの暑さたまんなかったのさ

夜明けの繁華街
ゴミ箱をひっくり返し
生ゴミをあさっている熊の姿に
酔いのさめたヨッパライ
翌日も　三日後も
熊はゴミ箱にやってきた
もう苦労して餌などさがすことはない
熊はいつか学習した
町内会のゴミステーションで
出会ってしまった人間と熊
とまどった熊の一撃で人間は傷を負い
猛暑のなかで話題が街中をかけめぐる

山を切りくずし人が住み
海岸が埋め立てられ建物が建ち
日と共にそこが海だったことも山だったことも
忘れ去り
当たり前のような日常の中で
人は進化と信じた退化の道を歩き
まるかった地球は
穴ぼこになり
削りとられてゆく

気づかなければならない
この球体の叫びを
この球体のうめきを

小篠真琴

春昼の安否確認

土恋しくなる日差しに
丘陵の雪解けは穏やかにすすみ
のびきった長袖のくちがわずかに
パソコンのシャボン玉を玉突きしたみたいだ
メールが来てまた現実へと引き戻される
春泥を浴びせられたみたい
そして、ひとりの夜を迎える日々

防災無線が告げる
「確定申告をお済ませください」
私ははじめてのネット申告
ＩＤとパスワードは税務署で取得済み
分離課税の配当の申告は正しいのか？
それのみが懸念であり来年以降の課題である

残る雪がすり減ったくつ底を撫でれば
お決まりのラブソングも今日は Pop Song へ
ネットバンクで珈琲の代金を支払った
「ご連絡ありがとうございます
　入金を確認し次第、配送のお知らせを致します」
存在確認がされたらしい
雪しろ水がちょろちょろと音を立てる

防災無線が告げる
「本日の新規感染者は１名です」
慣れた発表に現在の盛り上がりは政策事業調書と
来年度の内示のウワサ
もう聞きたくない、と耳を塞げは
うず潮が聞こえてくる
あれは十五の夏だった

南西沖地震
私は狭い下宿でお茶の入ったカップを抑える
すぐに下宿じゅうが停電した
「大丈夫かい？　ケガはないかい？」
下宿のおばさんが叫ぶ
あれから21年が経っても私はまだ子供のまま
今日は３月11日　黙とうを済ませる

すこし寂しい夜空に凍解が待ち遠しい
四月を迎えるために恋人からもらった
首わのネクタイを試着してみる
そして、また告げられる防災無線
私の安否確認はまだ終わらない
この空模様の下にあり

余命

村田　譲

誕生して　ン・億年のこの星は
太陽が水素を使い果たし
ヘリウムを使い果たし
サイズと明るさが赤色巨星として膨張するなかに
溶けていく
それまでの五十億年を生きてるわけ

まあ、われわれ人間の尺度とは違うわけで
恐竜が絶滅してからさ
ほんの二十万年しか経っていない若造
六十億の個体としてはびこっちゃあいるが
そこで仮に某国と某国が核戦争を起こして
人類なんてぇもんが滅びても
この惑星にとっては
猿ひとつまみ
なんというか別のさ
それこそ育む海が代替品を選び直す
そう思ってたよ

が、そう簡単でもないようで
というのも　海があと
六億年で消滅するとの論文が出た
水は蒸発して雲となり雨として戻って来るより
地中にうごめくプレートに吸い込まれ
地下に飲みこまれる速度のが早いらしい

それでも六億という距離
二酸化炭素濃度が跳ねあがり
（フェイクだとの噂はあるけどね）
平均海抜二メートルの南太平洋の島国ツバル
（この頃ニュースで聞かないけどね）

水没するまであと何年
ただの数字だよっていうんなら
それがいっちゃん分かり易い回答かもしんないない

そういえば小学一年の夏休みのオレ
乗用車にはねられて
五メートルくらい吹っ飛んだみたい
これ、自分的人生の最大飛距離なんですけど
なにせ巻き込まれていたら　ジ・エンド
はてさて目盛りの残量はいくつだろう
命よりも大切なものはいくつだろう
このふわふわした大陸のうえで
今のオレいくつになったろう
すでに延命枠もらってるってぇことだよね?

*リリース資料：H29.10.23
国立大学法人　広島大学・静岡大学
「海水の減少を示唆する海洋プレートの含水モデルを提唱」(Nature Publishing Group のオンライン科学雑誌「Scientific Reports」に掲載)

Ⅱ 東北

方言が言葉の塩に

斎藤彰吾

遠野地方の方言をとり入れた若竹千佐子の小説『おらおらでひとりいぐも』がドイツの文学賞「リベラトゥール賞」を受賞。この賞は、新聞記事によると、ドイツ国内における翻訳作品の普及を目的とした賞で、老いや孤独の普遍的なテーマを高い独創性で描いたことが評価されたという。一九八七年に同賞が創設されて以来、日本の作品が受賞したことも初めてだという。

この小説は若竹のデビュー作。二〇一七年、第54回「文藝賞」(河出書房新社)を受賞した。選考委員代表の文芸評論家斎藤美奈子氏は、東北の方言を巧みに導入したこの作品を、岩手の北上市民大学などで、小説の新しい散文体をつくり出していると高く評価された。それもあってか翌二〇一八年に第158回の芥川賞に輝いた。

この小説は、今ドイツ語版を含め五つの国と地域で刊行され、ポルトガルなど三ヵ国で出版の準備が進められているという。

私が気になっていたのは、日本語の方言の機微をどう翻訳したのだろうか。

ドイツの翻訳家ユルゲン・シュタルフ氏は会見の席で「傑作。意味、深み、知恵など小さな星のようなものがこの本にいっぱいある」と賞めた。ドイツの標準語に訳した有識者の協力を得て、東北弁の箇所はドイツの東北地方の方言を当て込んだ。「スープに塩が入るように味が出た」と語った。方言が言葉の塩になったのだ。ナチス・ドイツは、ドイツ語の統一標準語化まで手を付けなかったことが見えてくる。

今思うのは、方言体小説に対する斎藤美奈子氏の深い美意識と洞察である。方言を母体にした若竹の『おらおらでひとりいぐも』が彼女に見出されなかったら、デビューは少し遅くなったのではないだろうか。この小説が東北弁に長い間劣等意識を持ってきた私たちに大きな希望を与えてくれたこともうれしかった。

海洋放出

木村孝夫

抗議の連鎖と反対決議
処理水の海洋放出を決めた政府と東京電力
一歩譲ってもとは　誰も言わない
譲れるものがないのだ
秩序の欠けた十年間の言葉には苦みがある

（ふざんけんな　ばかこいで）
心の声が荒々しくなる

たくさんの言葉が被災地に落ちているが
「寄り添う」という言葉はすでに腐敗した
汚染水はＡＬＰＳを通せば処理水と呼ばれ

トリチウムだけが残るという
そのトリチウムを海水で希釈するから
海に放出しても安全だという

トリチウムだけが残るというのは嘘だった
測定すれば
その他の放射性物質も残っていた
それが僅かであっても

（ばかこいで　ふざんけんな）
心の声がますます荒々しくなる

「このタンクの数を見て下さい
　もうタンク増設する場所がありません」
納得できないものをやろうとしているから
説明できないまま十年が過ぎてしまった

東京電力は十年間情報を小出しにしてきた
隠されているものもあるはずだから
一歩譲ってもとは　もう誰も言わない
譲れるものがないのだ

管理能力が乏しい会社に
この海洋放出する処理水の管理はできない
どこかで手抜きされる
見つかれば頭を何度でも下げる
この繰り返し

空と海は青さが命だ
処理水の海洋放出で
漁業関係者の忍耐が崩れてはならない
何故　福島県の海なのだろうかという疑問
何故が何度もぐるぐると回る

秩序の欠けた理由の裏付けばかりだ
怒れ！　被災者
怒れ！　福島県

兒玉智江

大地の彫刻家

大雪が消え
道端には草が芽吹き始め
五月の田んぼには水が張られ
広い湖になる

その湖には蛙が鳴き夕日が赤い
その風景に心を奪われ
時間も忘れて
何度　見入っただろう

ひろい湖には
やがてみどりの草は日ごと伸び
夏の風がそよぎ
心地よく私の身にもなびく

傍らの
五月の畑は
線を引いたように掘られ
ジャガイモの紫色の花が一斉に咲く

キャベツも丸く
並んでいる
その上を紋白チョウチョが飛ぶ

絹さやの芽が伸び
手柴の竹にからまり
白い花が咲き始め黄緑色の実が成る

大豆の芽が出そろい
やがて小豆の芽も出そろう

夏は赤いトマトが実り
胡瓜は黄色い小さい花が咲き
茄子の鮮やかな実が成り下がり
次から次と毎朝の収穫
畑の片隅にはイチゴの白い花が咲く
素晴らしい朝が繰り返される

蜻蛉が飛びかう頃
黄色に実った稲を
あっという間に刈り上げ
広い大地に変身する

この広い大地を掘り
米を作り野菜を作る
百姓人は
私たちの命を繋いでくれる
大地の彫刻家である

２０２２・４・25記

牛島富美二

コロナウィルス

コロナウィルス（1）

真っ赤な曼珠沙華、見物人の密集を避けるため伐採
そんな形で植物被害
曼珠沙華は密こそ究極美
―彼岸花一本なれど曼珠沙華―

コロナウィルス（2）

連日日本感染者7万2千人超
これまで日本感染者520万人超―島根県民人口
　に匹敵
島根の古き時代からの神々よ―感染を防ぎ給え
―雛祀る片手にコロナ退散を

コロナウィルス（3）

世は2022年2月というのに
日本のコロナ感染者500万人突破
露はウクライナ侵攻止めず
―世はコロナ侵攻ゆえにプーチンもコロナに罹り
　侵攻せんか―

コロナウィルス（4）

感染者2億6千万人超―人類人口の3分の1に近し
死者480万人超―日本の都市人口二位の横浜の
　人口を上回る
人類史の汚点かコロナの利点か
―白鵬も引退するなり屈強の裸人生コロナも
寄らず―

コロナウィルス（5）

第7波襲来―大相撲部屋・プロ野球選手―スポー
　ツ界感染異常
1日18万人超えの感染最多　やはり人類最期か
―人類も手を焼くコロナ不可視菌だからと言えど
破滅はすまじ―

コロナウィルス（6）

オミクロン株蔓延―いわゆる株なら高高値の取引か

人を死なせるほどの賑わい取引か

今日また8万人超の感染

―ワクチンを打ち高熱で臥床する家内を見つつ

我は打たじと―

コロナウィルス（7）

オミクロン―日本の感染7万人超

幼児・高齢者急増―世代交代あらわ

人類いよいよ破滅か

―正月や年始の挨拶酒飲めず―

コロナウィルス（8）

第6波襲来―オミクロン（15番目）というけれど

感染力倍増―若者感染多し

コロナ禍人類滅亡狙いか―地球支配者交替か

―オミクロン感染し易く質弱しとの評判ならば

いざ全滅へ―

コロナウィルス（9）

オミクロン―フランスで1日の感染者10万人

アメリカでも1日の感染者10万人

自由主義国の定めか…

―大寒波オミクロンをも取り囲め―

コロナウィルス（10）

オミクロン日本感染8人

次々と姿を変えるコロナ

人世はやはり夢か…

―寒月に人の世犯す菌のありさはれど

人は退治し来し―

金野清人

巨大津波に襲われて

春まだ浅き三月十一日
古里の風景は
未曾有の巨大津波に襲われ
一気に崩れ
すべての輪郭が波に揺らめいて
高田松原の一本松だけ残して消えてしまった

テンデンコ
テンデンコ
逃げ延びた人々は
恐怖におののき
寒さに身をふるわせ
目を皿にして
ガレキの山を見つめ

おろおろ歩いた

陸前高田の町並みは
神隠しにあったように
人影も消え
道も消え
町の灯も消え
すっからかん、なんにも無くなった

私は親戚の小母さんや竹馬の友を失い
悲しみの淵に沈み
ひたすら祈りを捧げ続け
心に痛みを抱えたまま
巨大津波が押し寄せた大野海岸に佇んだ

いま
目を凝らすと

たくさんの死を呑み込んだ広田湾は
まるでうそのように凪ぎ
青インキを溶かしたように
いっそう青み
ゆったりと鎮まり返っている

この春
ほのかに明るむ浜辺で
命拾いした気仙椿が
にっこりと微笑んでいた
屋敷跡のコンクリの裂け目から
ど根性水仙が
鮮やかに咲き誇っていた

そのうち
きっと
希望の光が
みるみるぐんぐん拡がって
三陸の浜辺を
まぶしく照らしてくれる筈

巨大津波で根こそぎやられたけれど
気仙人の合い言葉「ガンバッペシ!」と
威勢よく気合いを掛けながら
母なる大地を踏みしめて
辛坊強く生きていこう

*テンデンコ=個々それぞれ、別々
　津波が来たら各人それぞれの命は各人の責任で必死に守れということ(諺)(「ケセン語大辞典」出典)
*ガンバッペシ=頑張ろう

常陸坊海尊(ひたちぼうかいそん)

斎藤彰吾

大将(てえしょ)[*1]が高舘で自害すたあとだったもや　火の玉
になって影屋敷さ戻たけば　何故(なす)てお前(め)守って
けねがたのだ　あっつこっつ戦(いく)さ　手柄立てだ
お前(め)　大将さ何(な)んと詫び申す　裏切った　そで
も無(ね)ぇようだ　おれなァ　ごごさくる途中に
尼に抱がれてサー　驚天(どてびっく)らすて　腰(こす)立たねぐなっ
たの　二進(にっち)も三進(さっち)もならず　気がついだけば谷
地の馬(ま)こ道にいだった　霧の中(なが)がら湧いでくる
念仏の声ど鉦(かね)を頼りに七曲り　それがらハー口(くち)
承(しょんが)の風さ乗り各地(そこだり)を遊行(ゆきょう)すた　星霜風雲の岩場
をめぐって歩(あ)るた
何時(えず)の間(ま)にが野里の神社　拝殿で月の光あびで
らた　一揆でもあったたのが　細い児童(わらしゃど)達青い
百姓がきて「かいしょん様かいしょん様ァ　助
けでけろ」と拝(おが)まれだりすた　ああそう言えば
この時(どき)の明ぐる年だったべが　みちのくは南部
曲がりくねった大(お)っきな川沿い　お手玉手にす
た可愛けェ女の子に引かれ寺さ案内された　日
なたの縁側で白いまゆ毛の和尚と将棋指しをす
たばい　相見(あいみ)互いのヘボはヘボ　笑って遊んだ
ヘボ将棋　土塀の向こうからお手玉唄が聞こえ
る昼下りだった

鎌倉の頼朝に謀られ追(ほ)われ　地獄の戸にはさま
れた泰衡(やすひら)　もう語りだくね　高舘が赤黒く炎え
た昨日のごとも　とうの昔になた　そったなご
とより先刻(さっき)のごど　ごごさひとりの男立ってだ
風のように見えで　かついでる賽銭箱をそごさ
置いだ　こいづながなが[*2]開げられね　開げでケ
ネスカ　どっから盗(か)っぱらってきた　(良ぐ見

れば六角の細工（こしらえ））　そごら辺りのこじあけ屋は
できね　腕利きの細工師を探せばいい　一服す
ながら　返事だがひとりしゃべこどすてらけば
ありゃ居ねぐなた　大男だった　ぬしとそこさ
立てらたが　居ねェ　賽銭箱もねェ　喉渇いで
きた

さてっと　ひと寝すたらば　愛（め）んこい尼の庵（いほり）さ
行（え）ぐべ　旨めェどぶろぐつくったとか　夕ま方
になたら　二人で　だぐっと　だぐっと　のみ
たい

＊1　源義経　＊2　ガ音
コールサック詩文庫18『斎藤彰吾詩選集一〇四篇』収録
の同作を改稿

アテルイの首

佐藤岳俊

蝦夷のアテルイの首を見たのだ
ガッと開けた眼　胆沢城跡の地吹雪の中
太い錐先になって刺さっていた
どっちゃにも　と　手に唾つけで
ショベルで凍土掘ってみた　ども
どごまでも　どごまでも
地中深く刺さっている　首
地中の闇から　ウウウウー　ウウウウー
ワォーワォーワォー　グァッグァッグァー
呻くような　唸るような　嘆くような　声
耳穴に刺さってきたのす
まず聞げや　日本史にある律令国家成立
六四五年　大化改新　何起ぎだど
それまでなす　蘇我稲目―馬子―蝦夷―入鹿

この豪族　天皇家と並ぶ大君
ほれ　中国『隋書』倭国伝のタリシヒコ
それはなす　馬子の名だったのす
六四五年　中臣鎌足・中大兄皇子・蘇我入鹿の首
切り落とすと偽書似の日本書紀
俺だちは蝦夷と呼ばれ
胆沢の広い地耕して石包丁で稲穂刈っていた
アテルイ中心にして助けあっていだったのす
だども　大化改新の詔　豪族の所有地みんな
朝廷のものに変えだったのす
見ろや　化外の民の俺だちの北へ　城柵
次々と造られていった日を
六四七年渟足柵・六四八年磐舟柵・七〇九年
出羽柵・そして最も恐ろしい多賀城建つ
七二四年多賀城碑
京を去ること一千五百里
蝦夷国界を去ること一百二十里

常陸国界(ひたちのくにさかい)を去ること四百十二里
下野国界(しもつけのくにさかい)を去ること二百七十里
靺鞨国界(まつかつのくにさかい)を去ること三千里
蝦夷国界(えみしのくにさかい)と刻まれた蝦夷侵略(えみししんりゃく)の基地だった
そうしてなす
大和国家の侵略者兵　多賀城(たがじょう)を発(た)ったのだ
延暦八年（七八九）五万八千人以上の兵
延暦十三年（七九四）十万人以上の兵
延暦二十年（八〇一）四万人の兵
胆沢の指導者アテルイとモレ
村々焼かれ　殺されていく人々
ジェノサイド　眼閉(まなぐと)じると　遠い闇(やみ)
奈良時代（七一〇）から平安時代（七九四）
桓武(かんむ)天皇が怨霊(おんりょう)に病み　坂上田村麻呂(さかのうえのたむらまろ)を出す
胆沢城(いさわじょう)　アテルイの首(くび)に建つ日　戦争止(や)めよ
ジェノサイド止(や)めよ　アテルイ・モレ叫び
田村麻呂に両手をあげだったのす　だが
京都の公家(くげ)　アテルイとモレ　斬首(ざんしゅ)
どろどろの血しぶき　胆沢扇状地(いさわせんじょうち)に染(し)みこみ
ざらざらの血　ごくんごくんと呑む胆沢川(いさわがわ)
冬　地吹雪(ぢふぶき)に塞(ふさ)がれ　春　たんぽぽに抱(だ)かれ
夏　ねじり花に囲(かこ)まれ
秋　コスモスの森に隠(かく)れて
アテルイの首(くび)が立っているのだ
鷲(わし)の羽ばたく眉毛(まゆげ)　日の出の眼(まなぐ)　鎗(やり)の鷲鼻(わしばな)
焼石連峰(やけいしれんぽう)の唇(くちびる)
アテルイの首(くび)に睨(にら)まれているのだ　今も
いつまでもアテルイの声を聞いているのだ

K君が、喋らなくなった

渋谷　聡

じゃいご（田舎）の小さいM小学校の生徒は
街にあるマンモス中学校に入学する
商店街で暮らす生徒がいっぱいいいる

中学二年生の時だった
体育館の隅で
M小学校出身のK君が
街の生徒達と、ぼごりっこ（たたかいごっこ）を
　していた
街の生徒の一人が
「参った、負げだ」
と言って、のだばった（うつ伏せになった）
K君が
彼の口元に袋を広げる所作をしながら
「け、へ」（吐きなさい）
と言った
その瞬間に
空気が変わった
街の生徒達は
「何それ？　何て言った？」

それから
卒業まで
K君は
街の生徒達と口を利くことはなかった

蟹

北の日本海岩場
小学生の頃
村の子ども会で海へ出かけた
岩場で蟹を見つけた
又従弟を呼んだ
「たけしー
　こっちゃ来いー
　ガニいだー、ガニ」
近くに
東京辺りから来たであろう若者達がいた
　「おい、この子どもたち、
　蟹のことをガニだってよ、ガニ」
何人かで
あはは
と、笑っていた

照井良平

しゃでっこ

しゃでっこよ　やーしよォ

おーい　兄貴がァ
兄貴よォ　聞ごえるがァ
まだ　ボーっとしてんじゃねェだろうなァ
おれ　さぎに行っているがらよォ
なんだって？　なんの話だ
いづもの冗談じゃねエべなァ
　違う違う　冗談じゃねエ
そんでなァ　田原の川沿(かわぞ)いにお寺(でら)の仕事
仕事がうまぐとれでよ
その打ぢ合わせで　先さいっているがらよ
どんなな仕事だ
　それは逢ってから話す

まぁいい　わがった　田原だったら
ポニーの〝そら〟　孔雀の〝クウ〟　雉もいる
ポニー牧場のそばだから眺めも最高だべじャ
4，5日前(めぁ)も快晴で
焼石岳　岩手山がよぐ見えでいだ
ところでお前(めぁ)着いでがら
田原の　青ぞらや雲喰って　何してんだ
　喰っているんじゃねエ
　曼陀羅の本こ読みながら
　般若心経を唱えでいるんだァ
そうが　お前(めぁ)はいろんな本読んでいだが
般若は経本を見ないで
経文を唱えでいだがらなァ
この世と　社員の家族の　安息をねがいながら
会社の発展を祈って　空がら見でいるんだなァ
したらば　雲の晴れ間がら高田(たがだ)の海みえだが
漁師(はまど)の兄さんに逢えだがァ　まだがァ

今の季節だったら　ワガメだなァ
お前だけメガブもらって食ってるんじゃねェがァ
ほんでねァば　ばっじのお前が
こごさ何しに来たって　あの渋柿の顔になる
いでァ　ゲンコツで怒られでいねァがァ
まだお前が来るどころでねァって……
兄さんに逢えだら
父さん母さんにも逢えるがもしんねァぞォ
　兄貴よ　待でまで　あの音はなんだ
　ポニー牧場から聞ごえてくる　あの音は…
……おいおいあれは
重機のキャタビラの音だべじぁァ
眼が覚めだぞォ　そうだったのがァ
危なぐお前の話にのせられるどごろだった
お前請げ負った仕事は土木じゃなぐ
水沢を一望できる
田原の空でカラオゲを歌い　ニゴニゴしながら
みんなを見守るブッダの世界だったのがァ
やっとわがったよ　わがったぞォ

であればあるほどだ　三月に
二人で東京の築地に行った弥次喜多道中
つい先頃のお前の家に泊まった
三日三晩のゲラゲラする弥次喜多泊
おもっしょがたなァと
脳味噌の芯に涙のカギかげで
しまっておぐがらよ
しっかり　そらで仕事してろや

ほれウンウンと　鼓膜振動したがだって
フムフム聞こえだがだって……

斗沢テルオ

大地の貴婦人たち

村の神社の境内は
貴重なる存在のご婦人たちで
今日も年齢(とし)の話で盛り上がる
「角地(かぐじ)の婆(ば)様なんぼになったえ」
「本家のソメ婆(ばば)のふとっつ下だべ」
「はあ　へばソメ婆なんぼだえ」
「分家(ぶんけ)の嫁ッこの一(ふと)回り上だべ山羊年だおん」
「はあ　その嫁アへばなんぼだえ」
「角地の婆様処の嫁ど同(ふと)じだべ」
「へば　その嫁ア……」
「したすけ言(へ)たべ　角地の婆様の一回り下だ」
「はあ　そんだのがえ」
大地の貴婦人たちの会話に正解はない
いつまでも続くよ記憶のトンネル

「山羊年ァ　ひずずの後だが前(め)だったべガ」
「どっちだっていがいへ　似だよんたもんだ」
「うんだなさ　べご年と丑年もどっち先だったん
だが　ほろけでまったじゃ」
「似だよんたもんだに
　齢(とし)ばし喰ったて腹の足しにもなネ」
卒寿を疾うに越え
我が身の星霜も記憶の彼方
昨日に続く今日の山々に囲まれ
コロナ禍騒動も北朝鮮ミサイル騒動も
大地を吹く風が吹き飛ばし
ウクライナのニュースに
中支に出征した兄を想い
南方で戦死した父を思い出し
村の貴重なるご婦人たちは
悠久の時間を生きている

「まんだ生ぎでらがァ
　とっくに黄泉（あっちゃ）逝ったがど思ったじゃ」
童（わらし）のとぎァ村一番の悪（ゆぐ）でなしでならした権爺も
話さ加（かだ）る
「爺（じ）　我（わ）なんぼで逝ったらいいがだべ」
「トメ婆黄泉さ逝った齢アなんぼだったェ」
「ヨシ婆逝った前の年だすヶ……」
「へばヨシ婆なんぼで逝ったたけ」
「ヨシ婆角地の婆様の一回り下で……」
嗚呼　黄泉（あっち）でも続くだろう
大地の貴婦人たちの年齢談義
ここだけ地球は
ゆっくりと回転している

コロスの六さん

永田　豊

頭をふりふり電車線路歩いている
（こりゃ　六よ　電車にひがれるなよ）
石屋のじいがたしなめる
六さんは笑って線路から車道に上がる
六十年以上前まだ村だった頃

六さんは歩く時も立っている時も
頭をふりふりしている
コロスの六さんだ
六さんが本当はなんと言う名なのか知らない
六さんは話をする時決まって
赤面し吃音を催してしまう
子供たちはからかって遊ぶ
六さんは笑っている

大人たちは子供たちを叱る
（こりゃおめだじぃ六のごどからがうなよ）
子供たちは頭をかいて逃げる

きれぎれの記憶に蘇る六さんの雄姿
それは雄姿と言っていい堂々たる姿だ
村の神社で催される秋祭りの演芸会
始まりは決まって六さんだ
マイクの前
東海林太郎の持ち歌を歌う
六さんは不思議なことに頭も振らず
赤面もどもりもなしだ
いい声で朗々と歌い上げる
六さんの声は境内の杉木立を抜け
暮れ始める青天井へ立ち上る
聞きほれる村人たち
そしてやんやの喝采万来の拍手

何処の家の人か歳も仕事も覚えていないが
みんなに疎まれていず
みんなを笑顔にしていたことは覚えている
電車がゆるやかに曲がって町へ走り去った
六さんが頭をふりふり歩いて行く
きれぎれの記憶の果てしない道を

＊コロス＝篩（ふるい）

松﨑みき子

種山ヶ原

種山ヶ原さ行ぐ

なだらがな傾斜が
どこまでも続く牧草地
緑の海のようにも見えだりして
登山道がらは分がれの径が
解んなぐなるほどあり
地図を見で歩がないと
風に吹き飛ばされた気分になってば
宮沢賢治先生も確かに[*1]
立っていたであろうところに
年甲斐もなぐ
陽焼けした顔の夫が
「いいところだ」と
種山ヶ原を自慢してサ

年がら年中肩こりさせて
ふたり共あっち痛でぇ
こっち痛でぇと言ってるくせに
種山ヶ原に来るど
スパッと治んのなしてだべ

家から車で四十分も走れば
種山ヶ原
この春は三回も足運んでいだ
山の展望台で
夫が握ったおにぎり食べ
青春のように
気恥ずかしがった
近くの雑木林で
鶯が休み無し啼いで

ヨイショしてそれも
かなり可笑しがったのサ

レンゲツツジを眺め
うすオレンジ色の花っこを
脳裏に栞したら
案内人のように夫が
前方遠くの山を指さして
須川岳
焼石連峰
真昼岳
和賀岳
おらぁ帽子取った
星座が見えれば
銀河鉄道に乗れるんでないべが
そんな気がする
種山ヶ原

＊1
宮沢賢治は大正六年に種山の高原地帯を訪れている
（種山高原パンフレットより）

百姓の土

八重樫克羅

殺しの現場から
屍体が運び出されたさまは俺は見てねえな
あのあとすぐに追っ払われたからな
十年もして帰ってきて何が起きたかよく分かった
俺の前(メ)サあったのは故里のなんとも惨(ムゴ)い景色
田んぼも畑も変わり果てた藪ッ原(パラ)
村のあっちこっちサ黒い屍体袋バ積んでなぁ
埋葬もできずに放りっぱなし
こりゃあハア　たいへんな大量虐殺だったべさ

むかしのことだ
土っこ抓まんで指っこで揉んで
ぺろりと舌に乗っけた爺さんに
びっくりこいて「旨ェか」と聞いたらば
「ああ　旨ェ　旨ェ」と言ったもんだ
なにしろ百年もかけて
爺さまの爺さま　その爺さまの爺さま
汗水垂らしてこさえて来た田んぼだ
匂いは良し　色艶は良し　味も良し
爺さんは鼻高くして笑って
「おめも食ってみろ」
俺は断った　蚯蚓(ミミズ)ではねぇからな

土はいのちだ　百姓のいのちだ
爺さんの言葉を今も覚(オベ)てる
爺さん自慢のその土が
あっという間もなく殺された

伸び放題の葛や萱を切り払ったらば
もとの田んぼのかたちが現れたが
見かけねえ石ころがぞろぞろと見つかった

ダンプが山から運んで
がさがさっとぶちかましていった土砂だ
除染だの覆土だのとは体裁ばっかよくて
なんと厚かましい言葉だんべ
ためしに漬物石ほどの石を動かしてみたらば
ありゃ螻蛄(ケラ)や蚰蜒(ゲジ)などが泡食って逃げ出した
なんとまあ細けえ蟲っこたちがよ
こったなとこでがんばって生きてるんだべ

そこで俺は決めたのさ
一枚のこの田んぼサ米作るべし
田起こしして堆肥バ鋤き込んで
堰からひいた水をたっぷりやれば
水蠆(ヤゴ)や蛙が這ってくるべ
蜻蛉が飛んで蝗(イナゴ)も跳ねるべ
俺は案山子をおっ立てて
うるせえ雀っこどもを追っ払うべよ
なんもかんも　むかしとおんなじにな

御先祖さまの百年の苦労に
及ばずども俺も骨折ってみるべ
あたりいちめん草ぼうぼうの荒れ野のなかの
まんずたった一枚の田んぼ
此処サ早苗植えるべし
暑え夏には汗水垂らして草取りするべし
秋になって風吹いて
此処のこの田んぼが黄金色に光ればハア
それこそ屍体袋に入ったまんまの
御先祖さまの土サ
何よりの供養になんべヨ

Ⅲ 関東

ルーツを知ることが新しい関東をつくる基になる

黒羽英二

「現代生活語詩集」というタイトルで編集が始まり、代表・監修の有馬敲氏の情熱による提唱と、左子真由美編集長の二十年近い努力によって、消滅寸前の、生きた日本語を、標準語という名の人造日本語の押しつけから解放して血を通わせる運動の橋頭堡ともなった本詩集に、関東地区代表として、スタートから参加させていただいた幸運を、まず感謝したい。

何度も書いたが、私自身、下野（しもつけ）から独立した那須の黒羽（くろばね）から水戸黄門で有名な常陸太田「お西山せいざん荘」から一里奥の、源氏川上流の常陸太田から数キロ北（福島県境から二十キロ）出身の父と、千葉県成田の北八キロで、利根川から一キロの興津出身の母との間に、東京麻布で生まれ、四歳から七年、東横線「都立大学」、九歳から「豪徳寺」、東京大空襲に遭ったのは十三歳で、中二の四月から中四（今の高一）の夏まで二年四ヶ月千葉県成田中学へ疎開転入して中四（新制度の高一）で都立千歳中学に戻り、十八歳（高三）からは、早稲田英文に入学の時に杉並区矢頭町の父の建てた家に越して就職するまで移動していない。以上のような今の若い人には信じられない、地方出の両親に育てられ、戦争、空襲もあって都内を転々として敗戦を挟んだ生活の中で、小、中、高、大のほとんどが地方出身者とその子との暮らしで、日本全国の地方語を耳に成人して詩の世界に身を置く私が、竹林館発行の本書の当アンソロジーの関東の序文を担当する因縁を追って序文とする。

コスモポリタンの連帯学

佐相憲一

関東という意識は現代では関西の人達によって持たれているのであろう。あちらの大阪・京都・兵庫・奈良・和歌山・滋賀はそれぞれ風土も気質傾向も大きく違うのだが、こと他地方への意識が入ると、自分達は関西人である、ここは近畿圏であると胸を張る。横浜っ子でありながら転々として大阪・京都にも13年住んだわたしの眼には、その様子は微笑ましく好きであったが、時折強烈な寂しさも感じたものだ。

対して関東は、東京という全国からの混血が主の、社会の縮図のような巨大都市があるため、隣接する県同士に関東という一体感は皆無に見える。せいぜい、神奈川・埼玉・千葉・茨城・栃木・群馬それぞれと東京、くらいの関係だろう。それが実は魅力でもある。生きていればつらいことが沢山ある。多様な生き方や幸せへの逆転劇は、詩的でコスモポリタンな他者への労わりが土台だ。その究極の次元に、地球動物界の新時代があるに違いない。

大久保しおり

カブトムシ

大昔森の中で
てかてか光る黒い木の実と出会った人は驚いて
ガラ　と呼んだ
別の山ではおなじものを
アッモリ　と呻いた人がいた
オニムシ　と震え上がった人もいた

時は過ぎて、昭和の日本
虫好きの少年たちが熱狂したのは
まさにてかてか光る黒い木の実だ
めいめい
ガラ　アッモリ　オニムシなどと呼んでいたが
少年たちが造った全国ネットワークで
呼び名の統一がいると

考えて　考えて
カブトムシと命名した

それからだ　てかてか光る黒い木の実を
そう呼ぶようになったのは
少年たちは呼ぶだけで嬉しくて　熱中してる

当のご本人は
今も昔も変わらずに
堂々と思うように木の上を歩いているのですね

雲との対話　その1

小田切敬子

白い雲が盛大に列を組んで
窓外を流れ去ってゆきます
ちょっと目があったので
白雲のページに
近況を書き入れさせてくださいね

学校を卒業したとき就いた職場を
五十四才の息子は　やめましたよ
若い人をやとって　会社は
職場を更新したいのかな?
司書学を勉強して
工業高等学校の図書館に
勤めることに　なりました
ふーむ

六十まで働ける
そう信じて働きおわった私としては
やっぱり現代は厳しいなという実感
図書館司書は五年間働けるそうな
六十才前でフリーになるのね

雲よどこまでも流れてゆく雲よ
息子と　私も
ゆうゆうと　この宙(そら)をながれてゆきましょう

2022/3/14

雲との対話　その2

第二次世界大戦の時　名古屋で
戦火の中を逃げまどった
中学　高校と　いっしょだった
ミータンはいった
プーチンは　許せない
戦争を仕かけたら　その中で生きる子どもは
あのころの私のように
こわいおもいを　するのだし
心の傷は　八十才すぎた私に
まだのこっているの

ウクライナの子どもたちはこれから一生
こわい記憶といっしょに大人になってゆくの
私のように

だからケーコタン　よく行ってくれた
「ロシアを許さない
ウクライナに戦争を仕かけてはダメ」の集会に
赤旗も読まないし
戦争反対のデモにもゆかない
ミータンにほめられた
八十才をすぎて　幼なともだちがいることが
うれしかったし
よくやったと
ほめられたことも　うれしかった

2022/3/18

上林忠夫

マスクの内側で

マスクがぼくらの顔になった年
突然　春が過ぎていた
揺れる葉の向こうは　乾いた雨雲で
萎びたカラスウリのように見せていた

内側の口は　しめやかに
唾液をひそませ
求めることの慎みは　やがて交わることも
動かすことも　外から消していた

清純で白かっただけのマスクが
色とりどりに見せ始めていた頃
マリリン・モンローの唇は
社会の恥部となった

気づけば　あちこちは
きれいな両目のつくられた美人
社会から要請された公認言語が
カラカラ　量産されている

マスクを脱いで
ときどき姿をあらわす口
息抜きは艶やかな香りの湿りぐあい
見てしまう　秘密となった動き

文明は隠蔽と露見を繰り返し
口は猥褻という名をつけられ
裸体の窓となっていた

冬という断章

林立したビルに向かって
ゆったり流れる運河
写真だから音はない

曇天を白く映し　冷たい雨を誘う
誘っていることも知らずに
お互いが了解した沈黙

底の方に
誰かの色　途切れる声
わたしまでも　隠れている

夏を知った蝉は　誘われるまま
同じ時間を鳴きだす
歓喜の合唱

秋を知り　生きもの
個々に沈んで
無音となる

写真は時間を呑み込み
私に
死という平穏を予告する

母も父も
大切な人が冬の断章として
写真に入った

＊冬、命日を迎える

倉田武彦

人類　地球に残す怨念と輝きと

そう遠くない昔　四大文明が
大河に沿って栄えた　その河の名は
ナイル　チグリス・ユーフラティス　インダス
　黄河
ほかに　北米・南米・東南アジアにも大河あり
そこに人が育ち　文化が育ち　文明が開けて
動植物も栄えた　土と水と空気と光は
地球への神の贈りもの　人類よ！
神の存在を見失ってはいけない

かつて　民族は王をつくり　王は国をつくり
国は内外に富を求めて　時に他国を攻め
罪業を繰りかえした
世界に殺戮の止む時はなかった

凄惨な戦さは　しばし遠のいているかと思いきや
コロナ禍を凌いで開いた夏冬のオリンピックの
その終了を待ちかねて　なんと
強国のリーダーが本心まる出しで
隣国に戦火を放った　原爆があるぞ　と
世界を脅す　禁断の言葉〈**原爆**〉を放った
文化発信の途絶えた国の姿は暗い
世界には他にも　文明を軽んじる国々のあり
そのリーダーは　概ね専制政治の椅子にある

地球の文化文明は　民のもの　人類のもの
民族の交流が生んだもの
軍事にかける権力の横暴は　地球に
膨大な惨禍を残す
ムンク*の叫びは千年続く
あれは　怨念の〈**叫び**〉なのだ

人々よ　シルクロードをみよ
そこは　民族の文化交流の源郷だ
仏教東遷の跡を残して
国家の争いの傷跡も残して
二千年の歴史が鎮まっている

インドに興った釈迦仏教と
ガンダーラに生まれた仏像が
シルクロードを辿り　長安を経て　倭の国へ
聖徳太子の奈良に届いた
唐に栄えたシルクロードの心は奈良に残って
古の快挙が世界で唯一　今に輝く

法隆寺[**]は聖徳太子を祀って　金堂の壁画に
莫高窟（バコウクツ）の観音菩薩のやさしさが
妓楽飛天（ギラクヒテン）のおおらかさが
映って今も　光を放つ
世界の人よ　法隆寺の鐘の音を聴け
祈りの音を

三内丸山遺跡も世界遺産に登録された
遺産は民族の祈りのかたち
日本の民の由来は　万古の時代に遡る
列島を洗う海流と火山の噴煙が育てた
厳しさがある　やさしさがある

そこには遺恨もない　叫びもない
民族のルーツの道案内があるだろう

＊ムンク＝ノルウエーの画家「叫び」が代表作
＊＊法隆寺＝日本の世界遺産　登録第一号

黒羽英二

成田から興津へ
——アイヌ語古朝鮮語海洋民族語混在の地へ——

成田駅降りると古戦場再訪の思い湧くのは何故?
半世紀超える昔この町三里四方の古老のうち
ナリタと言う者誰一人無くナダ(灘)と言ったが
今は公園の寺台城なる山城と比高二〇米の崖
白波ざぶんと寄せるカトリ(香取)の流れ海
カシマ(鹿島灘)からケヌ(毛野)の国まで湾入
貝塚の白い帯びヒタチ(常陸)シモーサ(下總)
三ヶ国に縄文海進の跡ぐるりと残す
アメリカ地上軍上陸予定の九十九里浜から三十粁
イゴダイ(囲護台)は彌生式土器の大工房跡で
皿小鉢昨日焼いたように重ねて出土
陸軍将兵指揮下に身長倍の大穴掘るは中学二年生
近郷近在十数校の少年プラスして数百人
急降下のグラマン搭乗米兵機銃掃射で死者残し
地続き集落エベス(江弁須)に逃げ込みもならず
ツルーマン大統領署名降伏勧告ビラ撒き散らす
牛馬用有蓋貨車発車も不定期でまだるっこく
夏の夕陽背に我が家へと今や少年兵の中学生
トーヤ(遠山)通りタプコプ(多古)は自転車で
ニブナイ(二部内)は成田鉄道のガード潜り
オシパダ(押畑)で十日川渡りニッツマ(新妻)
フクラ(福田)マンザキ(松崎)へ三年生と別れ
長沼で南北ハトリ(羽鳥)からアソー(麻生)へ
トネ(利根)の土手でツクバ(筑波)の夕陽

遠く見てソラシマイ（空仕前）通りをヤ（野）を
駈けタテガサキ（館ヶ埼）をナナサタ（七谷）へ
縄文弥生の昔から中世までの遺跡宝庫オキツ（興津）
インパ（印波）の国の方墳円墳溢れる直道興津へ

ヒタカミ（日高見）の国までの古墳は奈良時代まで
千葉氏滅びて禅寺龍昌院となった館跡に隣接の家
少年の母の生家で疎開の奥座敷住まい
Ｂ29墜落現場ヤコー（矢口）まで歩く中学生

貨車利用した仲間は無事にコバヤウシ（小林）
キオロウシ（木下）へ着けるかグラマン襲撃除け
地名千年一割消失というはまことか
とすればアイヌ語四割　古朝鮮語三割　海洋民族語三割

モザイク模様でしっかり残る北總台地
カーチス・ルメイ指揮下東京大空襲Ｂ29侵入通路
「日本本土は戦場だった」現場後に親兄弟親戚旧友
誰彼に遠つ祖の顔重ねて成田駅へ着いた

香野広一

地球が悲鳴をあげている

秋の　木漏れ日を
背中に受け止めながら
ぼくは乾ききった木の葉を
踏みしめながら歩いている

とおくの山並みの
杉や松林は青味を帯びて
生き生きとしている
近くの樹々は
葉の全てを脱ぎ捨てて
裸木のまま
こごえながら佇んでいる

みどりの旺盛な森林を
予告もなく伐採して
道路や街並みに変貌してしまった
にんげんたちの欲望と便利さのために
自然界が再生のできないように
破壊をしてしまった

地球のあらゆる地表を
傷だらけにして
高層ビルが林立している
その谷間で　疲れきった人たちは
急き立てられながら
右往左往している

地球は　にんげんたちの仕業によって
悲鳴をあげているのに
大勢の人たちは
無頓着を装うて

都会の路上を闊歩している

自然が豊かな地球を
消滅させるような行為が
日増しに増大している
にんげんたちの我欲と
無知が蔓延して
地球の未来に
赤信号が点っている

大風吹いて

古野　兼

大風吹いて根こそぎの木々
風の道があったようで
西の裾ばかりがやられている
山にぽっかり隙間ができて
風景すっかり変わって見える

　お宮もひでえで見てきんせえ
言われて久しぶり村道を行く
家々の裏側にはっきり残る風の足跡
畑に横たわる大木はあるが
よくぞまあ人家(じんか)には
と　胸なでおろす

短い参道塞いだ木々は
捕り除けられて整理され
切り口見れば数える年輪四十余
神社を囲う崩れた石の柵
修理おいおい

さらにその先　たどってみれば
密集し間伐されずに伸びた木々
ひとたまりもなくなぎ倒されて
共同農機具格納庫の鉄骨が
幾本かを支えている
未だ手付かずのまま

　人災やわ
と言うけれど
杉の木植えろは国策で
孫子のためだと信じた世代の仕事
雑木と違って地を固め得ない針葉樹

その感触はあったのだろうが

誰が片付けるのかと心配すれば
　地権者や
　行政は何もしてくれへんでなあ
気の毒な話
停電三日　電話も不通が倒木主因とあれば
とにもかくにも復旧せねばならず
多大な労力注ぎこんだ植林に
多大な出費を強いられる

山の中の倒木
そっくりそのまま放置の訳は
　誰も山に行かへんで　さがしゅうなっとるわ
　山仕事する者(もん)が　まあおれへんでなあ
かく語り合う自分もその一人
父の植えた山がどうあろうと手も出せない

悲しくて深刻な現実
ああ　日本全国記録的大惨状で
ニュースにもならない
小さな村の大きな被害

板場の一日

佐々木 漣

目覚まし時計が私を起こしたことは一度もない
その前には必ず目覚めていてその頭を叩く
午前四時の冷気の中、茶を一杯飲み体の芯を握る
四季の色面がそれぞれにある夜明け前の空に
思うことのない想いを照らすのは
何時からの習慣になったのだろう
イグニッション・キーを回して
エンジン音を待つほんのひと時
一週間の献立に朱を入れる
日曜日を丸ごと使っても貫いた疲労感は抜けない
震える筆先は包丁を置く瞬間を夢見ている
それを望んでいる自分があり
まだ諦めたくない自分もある
かつて私はもっと私であり、私を振る舞えたが

老体という言葉が鈍い腰痛として身体化する

酒を断ち、またはじめたこの頃
酔いが回る頃、もう幻想を追い求め得ない
永続するものはなく誰かと確かに死に絶える
呷(あお)った焼酎の量に心配の手さえ差し伸べられず
部屋の片隅から沈黙が狭い公営住宅を占拠する
妻の思い出は一掃したはずなのに
脳裏にはそれが裏漉(ご)しした「何か」のように
しっかりと味を持ってこびりついている
ある種の焦げはこそぎ落とせない
修業時代から手をもって知った職業的事実
錆びた身を研いでも仕方ないのと同じように

十月も終わりに近づきそろそろ年末の音がする
海のもの、山のもの
それらは昔とは確かに違った形と香りがする

懐かしみたいが進行する生活を成り立たせるため
仕事には憂愁も忘却も不必要で
ただ、刃先までの集中力だけがあればよい
臭覚と舌の普遍があればよい

ばさりと氷から出した魚たちを広げる
黒く染まった包丁の柄はもう手の一部であり
文化の衰えさえもが伝わってしまう
それでも三枚におろしてさくをつくる
五枚におろしその白身の潤いを視る
湯気を出して消す、鰓（えら）や内臓の臭気
ヘルペスをやった右目がにじにじと痒い

唯一の弟子が一番出汁をとっている
そのやり方すべてが誰かが繋いできたものだと
今なら確信を持てるが、生意気な男もあった
誰でもいいようにできる、そんな錯覚の時代が

落日の中でようやく気づく昇る日の勢い
どっぷりと暮れた闇の中で孤独になった時に悟る
毒を処理していた日々の痺れ
呪縛を葬ってしまった揃えられない皿の絵柄

仕込みの後、蕎麦を茹でながら帰れない郷を返す
あの場所で出会った人々とこの店で出会った人々
そこには違いなどなく
一期一会でさえない、ひと時の宴のなせる業
それを準備している様がここにある
それを、幸せ、と言っておく

今夜も客足は少ない
コロナ禍の只中で忘れ去られていく冷たい蛇口

横浜記憶再逆転敗訴確定

佐相憲一

いつだってぶつかるばかり、それでいいじゃん
とか
いつだって人恋しいばかり、それでいいじゃん
とか
ブルースしちゃっているうちにさ
時代は夢の遙か後ろの方へ

〈次のスポットはどこ〉
観光客や行楽客ははしゃいでいるけれど
いいさ
次のスポットがキミの人生を無駄遣いしたって
何も信じられない虚無に陥るよりはね
オレは流行を必ずしも否定はしないぜ

突っ張ってきたオレは自業自得だが
バブルに乗せられてわあわあ言ってた友人たちよ
閉塞時代にコントロールされる昨今の人びとよ
免疫が薄いかもしれないキミたちが心配だね

〈お前の平等論や平和理想とやらは
人間どもにはしょせん無理さ
お前は昔から苦労する道を選んだよな〉
ありがとよ

馬車道を歩いていた。独学のフランス語でお金を貯めて放浪したオレはあちらに〈亡命〉しようとハマのフランス語教室で先生と交流していたのだ。日本文化を愛する気のいいフランス青年と酒を酌み交わしながら湾岸戦争への加担はフランスも日本もけしからんとか好きな芸術の話など盛り上がった。無意識に

馬車道から大桟橋へ出て山下公園を歩くのは何の繰り返しなのか自分でもわからなかったが波音は優しかった。ここが故郷だと意識したのは横浜を離れ転々とめぐってからだから当時は逆にそこは世界への港だったのだ。

生き方を悩んで二〇代終わりの大晦日パリを彷徨った。メトロのなかで同世代らしい大道芸人の青年に出会った。彼も何かを胸に抱えながら歌い演奏することで我を保っているらしかった。眼が合った。親和性のようなものが流れた。微笑みあった。駅に着き立ち上がって別れ際に彼はオレの肩をたたいて言った〈ボン・クラージュ〉（だいじょうぶさがんばれよ）。オレも彼の肩をたたいて言った〈ボン・クラージュ〉（だいじょうぶさがんばれよ）。そして駅を出て大晦日の世界の深夜にオレは泣いた。あたたかい波音が胸に流れていた。

夢の波の音はさ
いまも内側から聴こえるね
この時代の大しけに飲み込まれないこと
それが敗訴というならそれでいいじゃん
大空ではカモメがますます羽ばたいている
同じいまを生きる人びとよ
キミたちもどうかご無事で

＊この詩は「横浜記憶爆破未遂事件」（『現代生活語詩集２０２０』）、「横浜記憶逆転勝訴」（「オオカミ」37号）に続く三部作のラストである。いずれも詩集『サスペンス』に収録。

自転しつづける地球

佐藤一志

地球の自転は
億億兆年の彼方から回りつづけ
夜の十二時の時報とともに
今日という現在が
昨日という過去になって
明日という未来が
今日という現在になる

この関係について
過去へ去ってゆく
未来がやって来る
という言われ方をされる

いったい何が去ってゆくのか

地球の自転により容れ変わる
何月何日何時という時刻なのです
時刻は一日ごとに去ってゆくのです

時間は時刻と時刻の間に流れていて
その時間での行動と出来事も
夜の十二時の時報とともに
今日という現在から去っていきます

それでも　それでも
十二時の時報が鳴っても
去ってゆかないものがある

今日の行動と出来事に
自分で感じたことや思考は
身体と心に記憶され
現在に残りつづける

侵略のミサイルが撃ちこまれ
破壊された建物は
瓦礫にされたまま現在に残る

家から街から追い出された人々の
悔しさ
悲しみ
苦しみも
去ってはゆかずに
現在に残りつづける

未来もただ単に
時間の先で待っててはくれない
今日という現在の
明るくなる行動が
日々重ねられてゆき
自分たちで
明るい未来にしてゆくのです

地球の自転は
地球の生きものたちに
良き日を送られるよう
朝の光とともに
真新しい一日を届けながら
これからも
億億兆年の彼方へ
回りつづけてゆくでしょう

施設で育む

佐藤　裕

人が人とつながる
緑色のスポンジに
透明な水道水が
黒く染み込んで行く

人が人とつながる
ナポリタンを食べた後の
赤茶色のお皿を
洗い流して行く

人が人とつながる
小さなウンチがついた
幼児用の便器を
ブラシできれいにして行く

人が人とつながる
汗と涙とおねしょで濡れた
シーツと枕カバーを
丁寧に洗濯している

子どもたちの笑顔は
未来に向かっている
無限のエネルギーで
園庭を走り回っている

こわい思いをしてきた
子どもたちは
人とうまくつながれるだろうか
やさしく包み込む
ひだまりに出会えるだろうか

いつも笑顔の大人がいるよ
いつも穏やかな大人がいるよ

いっぱい食べて
いっぱい遊んで
安心して眠ってね

毎日毎日
つらい過去を洗い流して行く

毎日毎日
やさしい今を積み重ねている

この町で

里見静江

流れのなかに杭を打った

間遠だったり間近だったり
長かったり短かったり曲がっていたり
一本　あるいは数本
不揃いの木片だったこともあった

水位みち足りた利根川だったか
雨水の量で幅を変える荒川だったか
一級水系ふたつに挟まれた名もない小川か
振りむいても霞んでいて定かではない

なぜ選ばれて巡り合ったのか
この地上でまみえた数多の人々と
家族となった人と　胸に抱いたいのちと
なぜこの時だったのかこの町のこの家だったのか

広がる無限の風景を貫いて
注ぐひかり　吹き抜けるかぜ
目で追えるもの心に収まるものはわずか
厳冬の後のことしの芽吹きは遅い

霞んでみえない背後の杭に目を凝らす
何本もの川を往き来しながら
なぜ　を追って　この町で
流れのなかに打ちつづけるだろう

　　きっと明日からも　杭を

ひと肌ほどの

わたしも　あなたも
尖ったかたちをわずかに見せて
背に氷の山を負っている

疫病が広がりはじめて
海外から戻って感染した人が命を絶った
なぜいま自分がと問うただろうか
氷を叩き凍原まで滑り落ちて
かたちはそのまま遺された人に張りついた

遠い国は戦禍にみまわれ
氷の山はなお切り立って険しくなった
イギリスに住む友人が
日本郵政が一時ヨーロッパの郵便を取り扱わなく
　なった
と　メールで伝えてきた

温感の染みた手書きの一葉を
受けて届けることはできなくなるのか
ひと肌ほどの温もりがあれば
凍原はゆがんでいても
氷の切っ先を円くすることはできるだろう

かつて　友人から贈られたアールグレイ
冷たい夜のキッチンに
ほのかな香りを漂わせている

志田信男

変異の星の物語 ──君は誰⁉

神奈川の西の果て　道志川沿いの中道志高原
この辺り　近頃おかしいね
家だけかな　庭の虫がいなくなった
土の中にみみずがいない　蟻の行列も見られない
カナブンもカナヘビも　その美しい姿はないね
蜂の羽音がしない　たまにマルハナバチや
ふらふらしたスズメバチが　一匹二匹
庭でまとわりつくのは　きまってモンキ蝶が一羽
君は誰⁉　ひょっとして　僕はピタゴラス主義者だ
君はいったい誰⁉
この辺り鳥の声も少なくなった　鳥はいない
ウグイスもホトトギスもカッコウも声が少ない
遠い　ジョウビタキは姿を見せない
大空で輪を画くトンビの雄姿はなく
カン高い雉の叫び声が　ときどき響く
野良猫の姿もまったく姿を消した
第一　虫がいない　座敷にゴキブリが現われないね
枕元からつかず離れず　親しげに触覚をふりふり
徘徊していたゴキブリの姿もない
あのびっくりするほど大きい百足も姿を消した
こしゃくな　わが家を見限ったのか！
多くの在来植物　既存外来種が姿を消した
アメリカアリタソウ　アメリカセンダングサ
ホタルブクロ　キリンソウ　オカトラノオ
オトギリソウ　ツリガネニンジン　ワレモコウ
みーんな姿を消した
なーんでだ‼　憶測が飛び交う
人為か天変地異か　人界も自然もテンヤワンヤ
砂漠化し太陽光発電のパネルが並んでいる
リンゴ畑　ブルーベリー畑　家庭菜園と開拓が進む
一山向こうではリニア新幹線基地

地球迷走の局所的出現なのか
やれやれ　困ったな　不快だね　ヤバいね
うんざりだね　せっかく気に入った終の棲家
気に入った里山だったのに
参った　かんでんしてる　何とかしてくれ
何とかなるものなら
やれやれ疲れるね
どっとはらーい

地球がゆらぐ　――どうにもならぬ

地球がゆらぐ
星がゆらぐ
人間がゆらぐ
歴史がゆらぐ
自然がゆらぐ

じたばたするな
ばたばたするな
汗が流れる
鳥が飛ぶ
火花が散る
じたばたするな
どうにもならぬ
地球星は
どうにもならぬ

地球の宇宙人

篠原義男

地球も宇宙の中の石コロのような小さな星に過ぎ
ないこの小さな石コロの上に地球の宇宙人は70億
人にもなり脅威のコロナ禍に多少は減ったが
ある宇宙人は破綻しそうな国を標的にマネーゲー
ムで儲けまくりある宇宙人同士は争い合い無謀と
も思える侵攻を受けた宇宙人国家は必至の反攻に
もその混沌に憂えコロナウイルスの世界中を襲っ
たマンエンに世界は鎮まりオノノキ我が宇宙人国
家は東日本大震災からの復興に必死で今はコロナ
禍での対策に追われてイルもし人類が滅びること
があるとすればこのようなウイルスの複数同時発
生にあるであろう人類のオゴリは一気に叩かれた
世界経済も戦争や不況の混沌から今物価高騰が忍
び寄っている地球も宇宙の中の石コロのような小
さな星に過ぎない
我々は宇宙の中の数少ない知的生命体の一種なの
だこの小さな石コロの上に地球の宇宙人は70億人
にも増え２０７９年には１００億人にも膨れ上がる
と推計されてイル地球上に存在する動植物の約９
割の種は今だ発見分類がされておらず確認されて
イル種は１７５万種程となっている推計される生物
の総計は５００万～３０００万種とされている
地球の宇宙人は膨張宇宙の加速のスピードに追い
付こうと目の色を変え血走らせ遠い彼方を睨み必
死の思いで突っ走っている人類も破滅へ向かって
唯加速を繰り返す宿命なのであろうか？ それとも
癒しの眼に目覚め愛の国の門戸を叩くのだろうか
ビッグ・リップ＊は獲物を狙ってニヤ付きながら
舌舐めずりをしている戦争も犯罪も経済の発展と
衰退もビッグ・リップのムチ加減のライン上にあ
るのだろうか？ 我々も宇宙の中の石コロような小

さな星の知的生命体の一種なのだ平和への希望と
愛への祈り戦争や飢えもナイ癒しに目覚めた知的
生命体の宇宙人世界がいつの日にか来ると信じた
い我々は英知を持った宇宙の中の知的生命体の一
種なのだが自分が紛れもない宇宙人であると気
づいているヒトは誰もいない
おはようご飯できた？　さあ食べようごはん味
噌汁目玉焼き焼きノリ新聞みせて！

＊ビッグ・リップ＝猛烈に膨張する、膨張宇宙の引き裂く力によって引き千切られ、破壊されて終わると言われる、宇宙崩壊の終末。

清野裕子

海へ

海へ行こう
父がそう言った時から
旅は始まった

我が家の初めての車は
うすい青緑色の軽自動車だった
スピードは出ない
しばしばオーバーヒートする
空冷式エンジンは
ボンネットを開けて
冷めるまで待たなければならない

小学生の頃
いつも父のとなりに座って
車のトラブルの始まりを見ていた
国産車の性能は悪く
バイクの免許証で
軽自動車に乗れた時代
父の運転もうまくなかった

バックしすぎて
路肩の溝に落ちかけたことがある
だから言ったのにと
怒る母をなだめながら
みんなで車を押した
晩年の父は目が悪くなって
運転をやめた

ハンドルを握るのは楽しい
どこにでも行ける
私は方向音痴だが

道に迷うのもドライブのうち
運転歴は父より長くなった
バックだけはずっと苦手だ

いいお天気で
高速道路はすいていて
快適に飛ばしていたら
いつのまにか父が
となりに座っていた

いつ着くのか　と急かす
走るのが好きなだけだから
どこにも着きたくない
と答えると
そうかそうかとうなずいて
腕を組み　眼を閉じた

父を乗せたまま
どこまで加速しようか
海はまだ遠い

関　中子

太陽の母

久しぶりにおとしの陽ざしだねえ
贈りものが輝いている
太陽の母は
生まれた頃よりいくぶん年を経た
そこで　当然の死について
たまに思いを馳せる　死を
太陽に生まれさせるのが良いだろうか

ないている

ＣＤのたどたどしい曲の隣で
灯油ストーブがないている
ごうごう
勢いよくだれかを思いだしたくて
ちっとも暖かくなれない
凍りついた空の星は
ほっとしたことがすべての毎日へ今日を打刻する
じーんじーん
電気が部屋を打つ　電気が集められ

夜の道を突っ走って帰ってきたバイクの音
あしたの朝早くまた突っ張るだろう
わたしはラジオをかけて「今日は何の日」を聞こ
　うとして

棹をさす
わたしの手
わたしは　約束を忘れていないだろうか
何か　どこかで　何を

灯油ストーブ
もっと　暖かく　もっともっと
空

また寝てしまう

障子窓
開けて朝七時
真っ白な畑や　凍った風が
陽のひかりにとぼとぼほろほろ溶ける
大根の葉っぱが地上の太陽のように力を伸ばす
彼女が　今日も幸せを感じられますように
畑に新しい幸せが生まれますように
だれもがいくつかは乗り越え
いつも明日の顔をつくる
わたしはほほえむ
繰り返しかける
ＣＤの

ＣＤの悲しい明るいたどたどしい
霜が砕けて　ないている

免罪符

高橋博子

私たちは免罪符を手渡され
　心ならずも
　この世から退出するのです

どこからか伝わる　くぐもった声
何度か反芻していると
ぶよぶよとした膜が迫り　私は閉じ込められる
居心地のわるさにしゃがみ込んでいると
追い討ちをかけるように膜を貫いてくる
切っ先鋭い若い女性の声

「あなたたちは
　私たちを愛していると言いながら　その目の前で
　私たちの未来を奪っている」

「あなたたちに
　未来と命はないと宣告されたようで
　　絶望しました」

極端な寒冷　熱波　集中豪雨
地球温暖化の悪化という未来を
若い世代や　まだ生まれない子供たちに
残そうとしてるのは　確かにわたしたち大人
抑止できないまま

私に出来ることはごくささやか
買い物袋持参　ペットボトル入り飲料は買わない
　等々
逃れることの出来ない社会や政治の仕組みに
組み込まれているとはいえ　言い訳は効かない
期限切れのいのちとして私の世代に

免罪符が手渡される可能性は大きい

もう十月なのに
真夏日の陽ざしが照りつけるデッキ
鋭い切っ先であちこち破れ　身体に貼り付いた
ぶよぶよした膜をぬぐう
言いようのない申し訳なさとかなしみが
真綿のように　喉元を締め付ける

くぐもった声を届けたのは　誰だろう
同時代を懸命に生きて来たはずの同胞たちか
限られた残り少ない時間であっても　せめて
若者たちに届けるうたを探したいが

＊「　」はスウェーデンや日本の若い環境活動家のメッセージ

谷口典子

ベナレスの夕日

「ああ　ヴェーサリーは美しい
ヴェーサリーの夕日は
何と美しいのだろう」

生きることは「苦」だといって
ふるさとをすて　家族をすて
出家した釈迦

それから五十年
生のおわりを感じたとき　そういって
もう　誰もいない
ふるさとへの道をいそいだ
この世はなんと美しく　ふるさとは
なんとかぐわしいものだったのか

でも　衆生にとって
生きることはやはり「苦」
釈迦がいったように
人間のこころには「差別」という
一本の矢が刺さっているから

聖地ベナレスでは今日も
ガンジス川のほとりで
生に疲れた人々が　荼毘に付され
苦から解き放たれていく

今
路上で産まれ　一人生き延びてきた若い女が
積まれた薪の間から脂肪をしたたらせ
身をくねらせながら　煙を天空へとのばしていく

一度として
いとしいひとに　抱かれたときがあっただろうか

ガンジス河は　濁りをたたえ
あの日と同じ　赤い夕陽に包まれて
今日も
輪廻の世界を流れていく

引越し

鎮西貴信

片隅に埋もれていた
遠い過去が復活し
身辺に纏（まと）わりついていた
昨日が彼方へ去っていく

いくばくかの感傷に酔いながら
住み慣れた土地を離れ
咳払いひとつすると
あらゆるものが変化する

忌まわしい過去を断ち切った
新しい門出
思い出を抽斗（ひきだし）に突っ込んだ
新しい人生への出帆

家具の配置
間取りの計算
近辺の探訪
近隣へのあいさつ

必需品プラス豪華品のため
やがてはじまる日常のため
住み慣れた住居とするため
無精者も浮き浮き働く

記憶の抽斗

きっと抽斗は
逆さに作られているらしい
精一杯詰め込んだつもりでも
よほど箍（たが）を絞めておかないと
一夜たてば空っぽになっている

おそらく抽斗は
主人の思い通りには開閉しないらしい
とんでもないところが開いて
睡眠中でも構わずに
意外な過去を表出する

たぶん抽斗は
選別適合システムを備えているらしい
五感と連結されていて
近似値に達するや否や
突然飛び出してくる

どうやら抽斗は
初めから何かがはいっているらしい
詰め込むものが何もなくても
悦びがこぼれ落ちてきたり
哀しみが噴き出してきたりする

（初出　詩集『青春慚愧』一九八〇年　沖積舎刊）

築山多門

砂時計が満ちるとき

あるかなきかの風にタンポポの綿毛が飛ぶ
木立の若葉も風に祝福されてそよいでいる
矢車草やネモフィラの花弁の間を
あれかこれかと浮気なシジミチョウ

所在なげな滑り台やブランコ
小さな公園には子どもの姿もない
ベンチに座る老いた私がひとり
聴こえてくるのは小鳥の囀りばかり
久しぶりの晴れ間の陽差しは
おだやかに木々を草花をあたためている

腰を上げ出入り口付近に近づくと
片腕に買い物籠を下げた三人の若い婦人たち
近くに開店したスーパーの話に夢中
私はふたたび静寂の中に腰を下ろす
陽差しが翳り　風が渡った
樹間をチュリリリと囀り渡る
ルリビタキを目で追う

ふと頬に伝う雫に指先をあてがい驚く
慎ましく過ごす妻と二人の生活に何の不足もない
私は恵まれていて幸せだ
それなのに
　私には思い当たることがあった

……………………

今朝のテレビニュース
日頃兄弟国と呼ぶウクライナにロシアが侵攻し
ミサイルや戦車での驟雨攻撃
街は無残に破壊され瓦礫の山
多くの老人や女性・子どもたちへの無差別爆撃

ナチスによるホロコーストの再現だ
目にするも痛ましい惨状に心ふたぎ
散歩に出てきたのだった

人間に未来はない
私の幸せはこの惨劇の上に立っている
砂時計は音もたてずに流れ落ちている
時が満ちるのも間近いことだろう

二〇二二年四月二十一日記す

堤　行夫

夕空

夕暮れ前の空は刻々と表情を変える　透きとおった金色のヴェールが地上を覆うにつれて　空は神秘の純度を高めてゆき　心もまた未知の世界に誘われる　そこはかとない不安と憧れがせめぎ合いながら青の深みに溶け入り　やがて見つめている自分も消える

空に吸い込まれる心を引きとめてくれるのは雲の戯れだ　その移ろいはいくら眺めていても飽きることがない　想いに耽るように見えながら　ふとやわらぎ　おもむろに形を変える　ときには芙蓉(ふよう)のように開き　ときには海豚(イルカ)の戯れのように回る

脇に隠れていた薄雲はゆっくりと溶けて帯を引き淡く広がりながら消え去る

空の翳(かげ)りが深まるにつれて　雲は次第に厚みを増してゆく　気ぜわしい変容の内に　象牙色の輝きと不穏なグレーの陰影が交錯する　そしてまるで啓示のように　にわかに開いた裂け目から夕陽の緋染めが燦然(さんぜん)とあらわれ出る　そのさまはあたかも　封印されていたあらゆる命が一気に解き放たれ　再生へと美の翼を繰り広げるかのようだ

澄んだ東空には白い月が浮かんでいる　深まる青に抱かれる月はこの上なく清楚で　秘めやかな輝きに満ちている　それは闇にきわ立つ黄色の月とはまた違う　柔らかで穏やかな情緒を漂わせる

人界のロマンからは遠いけれど　空や雲　そして地上のすべてと共存しながら　日常とはかけ離れた夢幻世界に心を誘ってくれる

手にとるように間近に見えるこの球体には数十億年という深い時が眠り込んでいる　それは本当の

ことだろうか　目の前に　あまりにも近しく　まるで自分のうつし身であるかのように月は浮かんでいるというのに
佇んでいるわずかな時の流れの間にも　月が静かに上方に移動してゆくのが感じとれる　その不思議な感覚は自ずから　わが身を抱いているこの大地へと意識を導く
いかにかけがえのない存在としてすべてはここにあるのだろう　それは想像の及ばない遥かな歳月と無限の営みからなる奇蹟の結晶であり　あらゆる命にとっての永遠の故郷(ふるさと)　無二のこの世なのだ
驚きとともに慈しみと悦びを孕んだ胸のつかえはほどなく色を変え　やがて耐えがたい哀しみとなってこの身をしめつける

広大な空を鳥が三羽　ちいさな羽を必死にはばたかせて飛び去ってゆく　この地上に残された見慣れていながら不思議としか言いようのない光景
いとおしさが泌みとおり　儚い胸をかきむしる

戸上寛子

望郷

―やまとふれあいやすらぎセンターにて―

大菩薩連嶺を仰ぎ
葡萄畑の下道を歩めば
やさしくふるさとが薫る

武田勝頼公の歴史とロマンを偲び
天目橋（てんもく）を渡ると
涼やかに吹きあげる風の心地よさ

記憶の彼方を求めて
もう一度行ってみたい
川底に揺れている小さな秘めごと
懐かしい人々が住むというだけで
優しい涙が滲む

東西の古典を〝高村光太郎〟を
そして何よりもうれしかった
〝何かあったらいつでも帰ってこおし〟

木立をつらぬく一条の光と共に
ここにはふんだんに残っている
心温（ぬく）とい自然の風が

澄み透る父母（ちちはは）の笑まい
川面にいまも映しうるほのかな想い
〝何かあったらいつでも帰ってこおし〟

平成六年初夏　箱根から

月の鏡

夕ぐれに待つことを覚えてしまったのだから
淡い暮色に身を沈めても
夕べに咲く花はそのかたみに
追憶の花びらを染める

夕ぐれに待つことを覚えてしまったのだから
啼いてすぎゆく鳥の群れにも
近くを流れる渓谷（けいこく）の瀬音にも
いつも夢は還ってゆく

待つことを覚えてしまったその頃から
どこにめぐるであろう
胸に負いすこしも色褪（いろあ）せることもない
秘やかな思いや山の麓のさびしい村

月が出ていたのかいなかったのか
ある夜のある夜をうつしていると
月の鏡よ

途方もなく埋もれ火の歳月
詩を書くには朧月夜のほうがいいね
そういった人よ

南雲和代

夏木立

ーおとなのくせにせみとりへたくそだな
もう少し練習してこいよー

がくどうほいくでせみとりにいくんだよ
やっとあみも虫かごもかってもらったんだ
パパはせみとりめいじんだからってかってについてきた
ほんとうは毎日ひまだからついてきたんだ
いくところがあってよかったねって
ママがひさしぶりにわらった

ひさしぶりにせみとりに来た
嫌だけどマスクもしてきた
去年までは兄ちゃんたち三人と母ちゃんと
この公園でせみをとりまくっていた
母ちゃんは前歯がなかったけど
せみとり名人だったたし
兄ちゃんたちは手づかみでせみをつかんだ
兄ちゃんたちが大学や高校にいくので
母ちゃんは歯を入れてスーパーにつとめた
俺は学童保育にいれられた

あたしは蝉とりなんて大きらい
家にいると夜の仕事に行く母さんのかわりに
弟や妹のめんどうばかりで宿題もできない
学童保育で宿題しないと
学校でしかられる
でも
公園の風は涼しくて眠れるから悪くない
緑の天井が光で揺れる

力道山の眠る都会のお寺の公園は
緑の雲の天井を突き抜ける夏木立
深い緑陰のなかで蝉しぐれは降りしきる
風は木立の間を駆け回る
私は何百年も生き続けた夏木立のように
あなたたちの成長を守りきれないだろう
でもね
こんどは蝉とり負けないよ

星　清彦

また来てね

私は十八歳で上京してきた
だから本当に家族の一員で居られたのは
高校生までの十八年間だけだった
家族に見送られながら
ディーゼルの油臭い夜行列車に乗った
そしてそれからは
父母と一緒に過ごすことはなかった
息子は二十九歳まで一緒に居てくれた
都内では家賃が払えそうもないことが
その最大の原因ではあったが
子どもが子どもで居てくれる
親が直接的に親で居られる
それはふり返れば決して長い時間ではない
ならばやはりこれは親孝行な部類であろう

そんな息子が仕事で午前様になろうとも
あなたは起きて待ってあげるのだった
自分が次の日仕事でも
好きな夜食を作ってあげるために
ところがその日は突然にやってきた
仕事の仲間と都内に住まいを借りると言う
どうしても片道一時間半が
辛くなってきたものらしい
それでも折りにつれ帰ってくるというので
引っ越しの荷物は普通車一台だけという
極めて簡単なものになった
さていざ引っ越してみると帰ってはこない
電話を何気なく聞いていると
「今までが嘘みたいに職場が近いんだって」
あなたがちょっと不満げに話す
近場に越してしまえば此処まで来るのには
「えいっ」

と思い切らないと来られないものらしい
ようやく帰ってくるという電話が入ると
「ねえ、お夕飯何にする。あの子の好きなもので
いいでしょ、いいわよね」
とあなたは嬉しそうだ
帰宅したその晩はテレビを観ながら
遅くまで楽しそうに二人で話をしていた
朝は私たちが先に仕事に出る
あなたは息子の部屋を覗くと
「また来てね」
と告げた　それは寂し気な
力のない優しい言葉に聞こえた
「また来てね」
その言葉は本当はとても寂しい言葉なのだ
ということをこの時初めて知った
そのたった五文字の言葉を
あなたはどんな思いで告げたのだろう

どんな思いで絞り出したのだろう
そしてそれは
「お帰り」
という何千回も使った言葉が
「また来てね」
にとって代わった瞬間だった
子どもは確かに成長するもの
遅まきながら我が家にも
その巣立ちの時が来ただけの話なのだ
やっと夜食から解放されたあなただが
時折連絡が入ると
「ねえ、帰ってくるんだって」
そう嬉しそうに伝えてくる
きっとどの家でもそうであるように

あれ、地球が泣いてるよ

牧野 新

こんな世の中　誰のせい
一体全体　誰のせい
日本も世界も　山積みの
問題たくさん　抱えてる
なんだ　なんだ　地球はね
抱えきれない　こぼしてる
どうする　きみたち　戦おうぜ
ぼくも　わたしも　護ろうよ
地球防衛　みんなでさ
さあ　いますぐ　手を打とうぜ

こんな人生　誰のせい
一から十まで　誰のせい
どこも　かしこも　特盛の
事件　いっぱい　抱えてる
やめて　やめて　地球はね
やりきれないと　吐露してる
どうする　みんなで　戦おうぜ
きみも　あなたも　護ろうよ
地球救出　みんなでね
さあ　今すぐ　手を差し伸べて

こんな地球　望んでた？
ホントに　ホントに　望んでた？
結果招いた　ツケだけど
かなしい　かなしい　歴史だね
はやく　はやく　地球はね
助けて　助けて　叫んでる
どうする　きみらも　戦おうぜ
地球奪還　みんなでね
さあ　今すぐ　手で救おうね

みんなの地球だぞ

いつまで　地球　生きてるの
ボクの寿命　五十億
太陽が呑み込めば
ボクの寿命　終わるのさ
でも　心配してるんだ
人間よ　暴れるな
やめて　やめて　やめて　こら
とめて　とめて　とめて　こら
大事にね　みんなの地球だぞ

苦しい　地球　生きてるの
ボクの寿命　五十億？
太陽が呑み込んで
ボクの寿命　終わるんだ
すぐ　心配してほしい
人間よ　暴れるな
やめて　やめて　やめて　すぐ
とめて　とめて　とめて　すぐ
労わろう　みんなの地球だぞ

休んで　地球　生きてよね
ボクの寿命　五十億！
太陽が呑み込まず
ボクの寿命　終わるけど
なぜ　心配しないのか
人間よ　暴れるな
やめて　やめて　やめて　もう
とめて　とめて　とめて　もう
替わりない　みんなの地球だぞ

かりん

三ヶ島千枝

秋が深まり
かりんの実が自身の重みに耐えかね
裸木から落ちている

硬い果肉にむかって
包丁を鉈のように使い
種を出し細切りにして
果実酒に漬ける

高校三年の看護学校受験のとき
長野県の民宿に泊まった
お茶うけに
かりんの砂糖漬けと言って出された
一人で県外に行き
かりんのほの甘さが
母の優しさと重なるのだった

かりんは喘息を和らげると聞く
祖母は喘息で苦しんだので
かりんの木を植えたのだ

はり金のような枝に
小判色したかりんが
二、三個しがみついている

かりん酒は
寝つけない夜に
一人で飲むと
母のふところにいるようだ

大型トラックの配送員

農業資材を大型トラックで
運んできたトラックの運転手
二十歳くらいの小柄できゃしゃな体
玄関に入ると
「広い家ですね」と
私は「ネズミが走り回るのよ」と言うと
「アハハー」と笑った

学生時代は陸上部かと思われる
体の動き
荷物を置き終えると
「コウセイさんにも宜しくお伝えください」
と言う
「息子はユキオと言うのですよ」と言うと
「アッ、そういう読みかたもあるのだ」
手渡したお茶のペットボトルを片手に
笑顔を残して行った

水崎野里子

白菊への頌歌（オード）

晩秋
寒い大気の中で
白い菊が咲いています

菊の白さ　雪の白さ　霜の白さ
きっぱりと　空に立っています
可憐な小さな花弁を　精一杯　拡げて

手折って　持ち帰り　コップに活けて
あったかい部屋の中で眺めていたいわ
どうしよう？　寒くはないの？
一瞬の戸惑い

私は歩き出します　やっぱり　そのまま

咲いていてね　冷たい風に負けないで
あなた　大地の精　雪と霜の化身よ
手折らないわ　白菊さん

咲いていて　真っ白く
雪が降っても
凍える　霜の朝にも

母が咲いています
父が咲いています
私も咲きたい　いつか

地球は大きな花瓶
生える花はみな
死者への供花

秋の終わり

冬の初め　初霜
寒さに凍える　小さな少女
おきまどはせる　白菊の花
一瞬の　私のたゆたい　でも今
私は願う　大気のさわやかさ　清さ

玄関の花

村上久江

ああ　思い出した
おまえの名はデンファーレ
おまえの名をふいと忘れ
またふいと思い出す
おまえはわたしの好きな花

ぶどうの切り込み模様の硝子瓶に
おまえの紅いろの花の連なり
茶色の花の終わりを迎えたもの
つんつん摘み
まだ咲いておくれ　と
水切りをして清らかな水で満たす

家人を送り出し
家人を迎え
他人（ひと）を招き入れる
ハレの玄関
さまざまな花を飾り　よそおう習慣（ならい）
花を求めて　玄関に飾るのは
その家の女の役目

女は　花のように優しく咲いて
男という　腕白と粗野を秘めた
愛しいもの
見守りつづける如来か

ふたたびは戻らない　一期一会の
日日という日常
過ぎ去っていく時間

或る日

白菊や黄色い菊の束
デンファーレよりひと回り大きく
美しい蘭の花が　玄関を飾った

時間は　時は　さらに
小さな家の歴史をきざみつづける

ひとり残されたものの
独りの在りよう
玄関の花をきらさぬよう
つぎは何の花を飾ろうかと思案する

山内理恵子

前夜

姉ちゃん、それねちょっとちがうんだよ　と
弟にいわしめたツッパリ君は
夜十時過ぎにやってきた
都境をこえて
中川をこえて
ここは東京湾まで二十キロメートル
ツッパリ君はツッパリということにはなってるが
酒場家業の手伝いにあけくれて
そういわれちまってるらしい
へえ？　そんなこと？
八〇年代の末だったか
むっとした空気から逃げ場のない東京の夏
あちこちでゴウゴウ鳴る蛙の声が
ようやく雨の気配を伝え
それを人と蛙と大地が共有していた時代は
もう十年前に終ってた
アスファルトの上をバイクを転がし
時折、川沿いの土手の上
騒音に耐えかねた住民が
街燈のない道路に針金をわたしては
転倒させる事件を起こしていた頃の事
さて、ツッパリ君は
ママチャリでやってきて
風を通すために半開きになっている
玄関から声をかけた
のぞいてみれば
学生服の下に紫色のTシャツを着てたものの
少し太めにみえるズボンは
ボンタンでも特攻服でもなくて
ただ　ただ　血色よく元気がいい
あまりそのころでは見られなくなっていた

キラキラした目をしていた
ああ、これって　板前修業中か
何とも指の先までピカピカなのだ
ちょっとしたボタンのかけちがいが
とんだことにも
ひょんなことにも
たいしたことにもなるものだ
ベビーブームの世代をみる教師には余裕がなくて
子供らが
子供ら同士で了解しているとも知らないで
親分肌の少年を
クラス統率のいけにえにする
ハハ、俺も調子にのりすぎたかな
明るい調子は変えないが
どこか悟って冷めた声の響きが哀しくて
下町独特の刹那さに
若すぎる彼もまた生きているのだ

ちったあ、たいがいにしな、とはいいたいが
しょせん下町は江戸の下町
よどみに浮かぶ泡のようなしのぎであるには
変わりない
よいときから悪いときまでの
命のつな渡り
それで摘まれても文句もいえぬ
みれば
紺染め白抜きのちょいと粋な前掛けが
チャリのカゴにきちんと
たたまれて納まっている

吉田義昭

突然　晴れた日に

夏が終わり
あの空に近づきたいと
山麓から険しい山道を登り
細い稜線を曲がりくねり
等高線を予想しながら
峰から峰へ稜線を歩いた
ここからあの空へ
登るだけの人生ではないが

季節が空から
少しずつ変わってきても
まだ秋風とは呼べない
すぐに変化する季節は
地球が少し回転しただけだが

空から見るときっと
私が歩いている険しい道も
平坦な地上にしか見えないのだ

風は等圧線に沿って流れない
もう下ることには疲れたのだ
空も美しい下界も見えすぎる
突然　晴れたこんな日には
空から見た私なんて
微かに転がる
小石ほどにも見えないだろう
誰も私なんて見てはいない

やっと山頂に辿り着いたが
逞しく老いた私にはまだ
空に近づく力は残されていた
空から見ると

私の人生は上りも下りもなく
ただ一枚の平面の地図の上
それでもまだ
登り足りないことに気づいた

Ⅳ 中部

時空世界に息衝く詩情を

こまつ　かん

ぼくは「生活語」と「地球」という組み合わせからこんな連想をしました。それは、言の葉↓時空↓古今和歌集↓木喰(もくじき)・円空……と、日本人の心の源流まで往還したのです。時間の経過のなかで綾なす人間と人間とのことばが作りだした思想の叡智は時空を超えて活き活きと存在し続けています。

ところで、「言葉」という漢字二文字に「の」を加えるとその意味が世間での通り一遍の挨拶のようなものとは違ってきます。また、「時間」を「時の間」とした場合はわずかな間という意味でもありますが、空間的にあるものが存在しているイメージを強く抱きます。日本人の語感と共にあることば、その表現生活において心のなかに脈々と流れているもの、それは自覚する個の内的及び外的世界に対する瑞々しい感覚と感動です。そして、湧き出た詩情は更に深まり周囲に伝播します。

さて、人生は歌と共にあると気づかせてくれる書物のひとつに平安時代の『古今和歌集』があります。「仮名序」の「やまと歌は、人の心を種として、万(よろづ)の言の葉とぞなれりける」は有名な一節ですが、収載されている千百十一首の和歌は四季・恋・離別・哀傷など抒情に満ちあふれています。これら和歌に込められた人生の機微に触れると、今を生きるぼくたちの心理・内的感覚、季節感や美意識にまでも影響を与えていると認識を新たにします。

次に、慈しみのある神仏像を遺した修行と造像の人物について少し述べます。木喰は一七一八年に甲斐国丸畑村で出生、円空は一六三二年に美濃国で出生しました。木喰・円空は全国各地を歩いて地元の人と触れ合い、神仏像を数多く彫っています。それらの神仏像は慎ましやかで慈愛な眼差しから「微笑みをたたえた像」といわれています。が、二人の作風・彫り方には違いがあることも知られています。木喰には丸みが、円空には鋭さがみられます。いずれにせよ、木喰・円空の祈りは今もなお庶民の暮らしのなかで共に生き共に栄え続けています。二人の手から彫りだされた神仏像の姿からは、その時代を生きた人間のいのちの象徴が言の葉の詩情となってひしひしとぼくの身に迫ってきます。

言の葉は時空を超えて生き続けます。ぼくもぼく自身の言の葉を時空世界に書き記そうと思います。

青木美保子

アースの夕陽

大地は揺れ　海は狂い。土はひび割れ
水はすべてを押し流す。火は山野を舐め
天地は乱れ　疫病がひとびとを襲う。

わたしは今日も
明るくなったら　起きて動き
暗くなったら　眠る
ちいさな庭で　花と野菜を育て
つつましく暮らしとる

あなたは孤独を抱きしめてはる
ひるよる間断なく灯る都会のあかり
ほしいまんまに動き回る人間
逃げ惑ういきものら

もう　待つより外はないのんか
あなたは見てはる

あなたがつぶやいた　に
わたしは夢を追うのに夢中で気づかんかった
あなたが呼んだ　に
わたしは暮らしに追われて返答しんかった

あなたは叫んだ
ようやっと私は生き方を変えた
世界は目標を決めても実行できず
たった一人で声をあげた少女を
冷たく笑うひとがいてる

あなたはとうとう黙ってしまった
すべてはすでに決まってったかのように

地球全史のなかで　一瞬の間だけ生きとる
ホモ・サピエンス種の行く末を

Ⅳ　中部――青木美保子

一瀬なほみ

渦に嵌る

月はみている
わたしたちが
どう向きあい
どう動いているか
そうして時に
ああ見ていられない……と
姿をかくす
わたしたちは月に
見捨てられてしまうかもしれない

中途半端に賢い者が
権力を持ち
もっと土地がほしい
もっと土地がほしい

と思い立った時
そこに暮らす人々を殺し
美しい町並みを破壊する
自分は安全な場所にいて
椅子に腰かけたまま
殺し合いをさせている

〝手にタコのない者は残りものを食べなければいけない〟
〝土地を欲しがりすぎたために自らの命を落とした者がいた〟
と教えてくれたのは、同じ国の作家ではなかったのか……。

この星の一方では
大根の双葉とドクダミの芽が張りあう土の中から
羽をもつ蟻、もたない蟻たちが

ワイワイと出てきて
騒いでいる
あ、これは……
始まった
一匹、また一匹と飛びたつ
結婚飛行だ

欲にまみれた者が殺傷行為に嵌るときにも
蟻たちは常に正しく
命をつなぐ行為をしているのだ

無駄なことをする者たちのなかで
必要なことを続ける虫たち、動物たち
それらを守ろうとする人びとが
共存していかなければならない難しさがある

月はみているだろう
欲望の渦に嵌ってはいけない
渦を解いていかなければ……と
わたしたちは月に
もうすぐ
見捨てられてしまうかもしれない

臼井澄江

緑の球の中で

緑かぶさる地帯に住む　その存在感
満面の緑地に
ポツンと置いていかれた肉体
球体の緑色に包囲され生かされてきた
石の固い塊から見えるものら
いつでもころがってしまう崖っ渕に立ち
小さな円に生かされている命
転がる球に乗り移りつつ
見渡している界隈
生命いただいてあるものもの

緑の迷路で
方角を失っている
体感できない

薄い呼吸をしながら
いっときの焦点を探そうとする
引き裂かれ分配されてしまった感情は
淋しくあとずさりする
そして留まる
当然　といいたげに

「小笠茶産地」と茶の木で植えられた
茶文字に新茶芽が出はじめ
田植えも始まっていた
故郷への道すがら
ここも緑が
まぶしく映像を反射させて
何十年という年月の新茶期の
史をかざしている
くり返しの産地の風景が
活かされている

車窓からも
車からも
程よい距離をおいた景観が
楽しませてくれる
緑の中の
産業のアートだ
円の元に拡げられた
地元の絵
人々の心に刻まれていく
緑のうるおいだ
空間に
求めつづけている一直線の旅を
秘かに求め
探り出していくような
球の中の空気なのか
住まわせてもらった
大きな地の塊の一片のその中で

しっかりと抱き合い
迷子にならぬよう
離れないよう
球の中で生きていく　生かされていく

わたしの旅をつづける

あまなつ

岡村直子

りょうてにおさまる
まあるいあまなつ
こらえきれない
あふれるおもい
あふれるかおり
かわらぬかたち

ごつごつの皮をむく
ほとばしる
あんたのでばんが
たまらない
あまずっぽい
キイロイエキス
キイロイヒカリ

ちきゅうみたいに
まあるくて
上も下も
あるよでなくて
ぜんぶおんなじ
あじがする

Rのプーさんも
Uのゼーさんも
おんなじなかま
ちきゅう人
いちまいの皮に
おさまって
よろこびかなしみ
きょうゆうしようよ

だって
あんたは
あまなつ
なんだもん

＊静岡弁

こまつかん

澄み渡る空の下

ぼくは　宇宙遊泳を終えて
地球に戻る時に
芝生公園で手をつないで寝転ぶぼくたちの
その脇の大きな木を目印にした。
そしてスーッと地上に舞い降り
今というこの時に還る。

はじめ　ぼくの視点は清々しい天空にあって
澄み渡る空に溶け込んでいた。
次に　右隣のあなたの横顔を見た。
髪の生え際、まぶた、鼻先、唇から顎、のど。
あなたはゆったりとまぶたを閉じ
胸をかすかに上下させ呼吸している。
手の皮膚は透明にちかく

そしてやわらかく、すべすべで
陽の温もりをおびている。
ふたりでつないだ手に
ぼくたちの全体を込め
新鮮な芝生に委ねた。
心地よい午後の時間に
皮膚の内側のこころと熱が
皮膚の外側の世界ともたれあい
時空間につながっている。
時間は逆向きには流れないが
ぼくたちのこころは夢見のように
自由自在に時空間を駆け抜ける。

蟻が一匹　ぼくの右の袖口を一周したいのか
それとも　あなたの方に行きたいのか
ぼくのからだを歩いている。
ぼくのからだの境界が開放され

耳元のそよ風の息を受け止めた。
ぼくは薄目になって
ぼく自身をもう一人の自分に乗せ
時間と空間の連続体の世界へ向かい
ひと息ごとに上へ上へと飛び翔け
宇宙空間で故郷、水の惑星を眺めた。

やがて　地上に戻る時にオゾン層を通り抜け
それから　海水や陸地の匂いに触れた。
生き物の声や暮らしの音が寄せ
そこに突然　戦闘機や爆弾の音がまじり
人々の泣き叫ぶ声がかき消され
普通の暮らしが失われていく。
それは北側のあの黒い煙のあたりだ。

ああ　でも　ぼくは歯を食いしばって　まず
日本列島に向かわなければならない。

富士山の西北でぼくたちふたりが
芝生公園に寝転んで手をつないでいる。
蟻がぼくからあなたの左腕に移動して
あてもなく歩きまわっているので
自分のからだに戻ったぼくのこころは
少しやんちゃになって
あなたの鼻の天辺を指でつついてみた。
あなたは「なあに……寝てないわよ」と。
今度はなぞるように指を唇までずらし
ぼくが「シー耳を澄ませて　実は蟻がね」と。
すかさず　あなたはこの指をくわえ、微笑む。
やっぱり　あなたは永遠に無邪気だよ。
大きな木の梢から鳥のさえずりがしている。
でも　実は　こうしている時も
不透明な近い未来が降り注いでいる。

今日の道は昨日の道

鈴木良一

亀田郷縁辺の本馬越から
新潟市中央区本馬越へと生地は変更され
令和の書類に昭和と書いてしまうわたし

ふろたき大将だった石橋蓮司が
大河ドラマで天皇側近の
三条西実澄を演じていた

もらい湯から銭湯通いそして家風呂
家族の中でわたしは
ふろたき大将になった

新宿角筈の交差点を
緑魔子と石橋蓮司が連れ立って渡る姿を見ながら
傍らを横断したことがある

生は破綻を孕んでわたしを追い詰める
職業選択の自由　思想信条の自由
わたしという個人を無視して
社会がわたしを拒否していると
気づいたのは十五歳の時だった

石橋蓮司と緑魔子の芝居は
一九八七年阿佐ヶ谷のオデオン座での
「湯の中のナウシカ」を観ただけだ

どーしょば
わってがわってをあやまって
生きて暮らしてきたとして
ベビーグランデ、ＡＴＧ、蠍座
ピットイン　新宿伊勢丹

今日の道は昨日の道
令和は未来へ解き放たれ
わってのこころを通り過ぎ

「どーしょば」、「わって」は新潟市の「沼垂」地域の話し言葉。

地球温暖化

内藤　進

掛け替えのない青い地球
人間が存在して２００万年
いま76億人が地球に生き進化を続けている
人間は
自由勝手に　地球を傷つけ
存在する美味しいものを
容赦なくいただき
吐き出した汚いものを
　水に流して！
　土に埋めて！
口を拭く悪の人間に化けた
プラゴミの海洋汚染は極めて深刻
人間の身勝手な行動は地球温暖化をもたらし
巨大台風　河川氾濫
気温40度を超える猛暑
広大に広がる砂漠化は食糧危機を
氷河が溶け洪水の危機など……

地球はいま
温暖化による深傷を負い重症
人間に向かって泣き叫んでいる
大粒の涙は洪水となり
発熱は猛暑となり
人間に襲い掛かっている
人間に無言の警告をしているようだ！

いま　温暖化による環境危機に
うろたえる人間
美しい青い地球は温暖化に包まれ
黄色い地球に姿を変えた

温暖化は
地球上のすべてのいのちを脅かしている
「気候非常事態」こんな言葉が心に刺さる

スウェーデンの
「環境少女」グレタ・トゥンベリさんは
大人に向かって「目を覚ませ」と迫った
少女のことば　大人の心を突いただろうか

世界の環境団体が
温暖化をさらに深刻化させる石炭火力発電所の
建設を続ける日本に「化石賞」を贈ると発表
なんともお恥ずかしいことだ

温暖化抑止　本気で考えるときはいまだ
もう時間はない！

温暖化により壊れた地球
今なら
今なら救える

救えるのは
人間だけだ！

長瀬一夫

くすんだ蜃気楼

　老いたミックス犬が亡くなって三年になる。
飼い犬が亡くなっても、
片道二キロ、往復四キロ、一時間余り、
紐のない手持ちぶさたな毎朝の散歩は、
今のところ続いている。

　東の大きな公園へと歩いていくのだが、
その平坦なアスファルトの歩道を、
二時間、垂直に上へ歩いてみると、
エヴェレストの山頂近くへ届いてしまう。
たった八キロちょっと登るだけである。
だが、
極寒の完全装備を施し、
酸素ボンベを背負って、
横へと単純に歩くだけでも、
相当の難儀が想像できる。

　いつもと違う、坂のある西の道を、
散歩コースに取った。
日頃はバスで通る道なので、
存外坂がきついと、
あのエヴェレスト登山を、
思い浮かべるようにして、呼吸を整え、
いい加減、平坦な土地にならないか、
苦労すると、前方に高架駅が見えて来た。
直ぐ横の店前には、
一人の、若者らしい男が寝そべっていた。

　どこかの国が、
隣国へ侵攻していた時だったので、
道路方面を向いて、

俯せに寝伏せっている姿は、
瞬時、兵士を想像してしまった。
その男は迷彩服などでなく、
薄手のジャンパーにジーパン姿、
単に酔っぱらって、
自分のねぐらに帰りつけなかった、
だらしない男である。

銃を手にして目を見開き、
照準を狙い定め、
伏せって構えている訳ではなく、
負傷して動けなくなっている、
民間兵でもない。
単純に休日の夜を飲み明かし、
醜態を、
今朝に曝け出しているにすぎないのだ。

大陸間弾道弾、ロケット砲、
近代戦争は瞬時に決着すると思っていたが、
タンクと歩兵による陣取り合戦が、
平坦で薄い地表上で、
まざまざと、
血痕と建物破壊で展開されていた。

男はやっと起き上がったようである。

星乃真呂夢

母なる地球（テラ）

母よ
あなたのかなしみは
海を縁取る　浜辺の波頭
白く　透き通りながら
しずかな想いは　大地を濡らし
子らへの祈りだけが　砂のように残る

母よ
あなたのかなしみは
大地を縁取る　海の入り江
語られぬ想いは　折り畳まれて
幾重もの　海岸線となり
入り江となって　透き通る

そこは　深い故に
湖のように
永久（トワ）に　凪いでいる

母よ
あなたのかなしみが
大地全体に沁みわたり
森は生まれ　育まれ
海を囲み　人は育った
海であることさえ忘れ
あなたは　なおも　溢れ続けた

空よりも　遠く光る　母の涙

母は　ただかなしむ
還らない子らや　忘れられた約束のことを

それでも　母は　種をまく
失われた時間を　地が再び紡ぐために

母は待ち続ける
すべての子らの　帰還を
命の　美しい発芽を

大地の　すべての記憶を　映して
透き通っていく　母のかなしみが
舟のように浮かんでいる

遠く
はるかに
光る
母のかなしみが
宇宙（ソラ）に　浮かんでいる

Ⅴ 北陸

現代人国記 ― 藩政以前の風土と言葉

金田久璋

「絵に描くとわが福井県は／いわばゾウさんの頭で　よしよしと／いたって覚えもよろしくど頭撫(たま)でられ／嶺南はその鼻先にあたり／いつも遠慮気味に　目先が利かず／なにごとも大事なことは／頭高天の嶺北で決められる」（以下略、『理非知ラズ』所収）と「ゾウさんの鼻先」の冒頭で歌った。当県は若狭と越前という「水と油」とも評される、著しく言語、習俗、感性も風土も異なる、幕藩体制以前の「クニ」同士が時の権力によって安直に為政の強力接着剤によって合併された。特に嶺南四郡は無理強いに滋賀県から引き剥がされて明治14年に成立した経緯が、今も尾を引きずっている。

すでに、室町時代末期の戦国時代に成立した『人国記』にも若越両国の人情、風俗の違いが、意地悪く辛辣に取り上げられているから、相当歴史は古い。「越前の人間はスドイ（鋭い、目先が利いている）」とは亡母の言。一方の若狭は自嘲気味に「トロイ、ノロイ、ボコイ」とも評される。その代表格が何を隠そうわたし自身なのである。戦地では役に立たず、「若狭・安八（岐阜県）・高島郡」と揶揄し馬鹿にされたとも言う。その筆頭が若狭なのだから、いかにもありそうなことだ。高度成長期以降、嶺北の人間は越前弁を「福井弁」と呼ぶようになった。嶺南、若狭の生え抜きの方言をないがしろにした不当な物言いが横行し、心情的な南北分断をもたらしかねないことに、当事者は気づいていない。いわば、今じゃゾウさんの鼻先どころか、ゾウさんの尻尾になり果てようとしているようにも見える。

お隣の石川県はどうなのだろうか。加賀百万石の重厚で悠久の歴史と豊饒な文化遺産。とはいえ、へき地化が進む半島。「能登は優しや土までも」という俚諺は、長谷川龍生の解説（龍生塾での発言）によると「土」は「槌」が正しく、「能登の人間は、一見柔和に見えて、実は時に頭を叩き人を殺す凶器ともなる槌までも優しい」というのが真相だと言うのだが、龍生の辛辣な批評眼とイマジネーションの躍動をあらためて想起する。

淡島願人

金田久璋

時雨降る秋末だというのに　わけても
霰たばしる北をひたすら目指す　青ざめ
痩せ呆けた老女とすれ違った　足早に先を急いで

イチゴ模様のパンティを白髪頭にかぶり　夏冬問
　わず
したたる経血や膿　下の病の染み付いた
ひとえに穢れを帯びた　夥しい襤褸（らんる）と針山

オシラサマのように幾重にも全身に纏い
俯いた皺深い顔つきまでは
しかと覚えてはいない　神の面相がわからぬように
血の病や帯下（こしけ）死産に不妊　はたまた
失恋や不倫の懊悩する女の生きざまの
一切を下着に託された　淡島願人

全国をくまなく行脚し　紀州加太の淡島の神
少彦名（すくなひこな）の尊（みこと）の御前に届けるべく
門付けし何がしかの喜捨を乞う

代参の行旅の果てに　神棚を背負ったまま
いつかは野垂れ死にするやも知れず
乞丐（かたい）とも勧進と呼ばれるも　決して風狂にあらず

身代わりとなり　取り憑かれたように
ひたすら一陣の疾風となって
眼前を通り過ぎた

彼の人はもしや神なのではあるまいか
むしろ神と呼ばれねばならぬ　しかあれと

カナヘビ

猫にさんざんもてあそばれ
石垣の隙間に辛うじて逃げた
カナヘビの尾っぽが
こちら側に残された

穴の入り口で
分断された虹色の胴体と尻尾
光と闇　生と死　此岸と彼岸が　辛うじて釣り合い

カナヘビにとっては穴のなかがこの世で
外側はすでにあの世でありながら

それでもなお　未練がましく
寸時に切り捨てた

尻尾を振っている　何に対して

尾が再生するまで
カナヘビは穴のなかで　長い時間と向き合う
隙間から世間の成り行きを伺いながら

その時間と釣り合う
まひるのしじまを

わたしは歩行の行間に呼び込む

川口田螺（たるい）

大都会の夜の空より

（東京パシフィックHスカイラウンジにて）

高層ホテルの最上階より
夜のとばりに大都会の灯は広がり
地虫のごとく街がうごめいているのを
更け行くことも知らず見降ろしている

地上の無限の広大さの中に
煉獄が永遠に続くかのごとく
はてしない嘘と虚飾にまみれて
泥沼のごとくきらめき輝いている

人々の欲望と嫉妬が交錯し
裏切られた嘆きにいろどられて

漆黒の街の湿った闇を浮かび上がらせ
濁った涙の中に押しつぶされていく

遠くにかすむ高層ビル街の
まだらな光が異様に闇につんざけば
点滅する先端の深紅の灯が
疲れた神経に不気味に突き刺さる

脳裏は汚れたアルコールにおかされ
倒れ伏しそうな身体を心底根こそぎにして
尋常の精神をうつろに萎えさせ
夢も希望も永遠に枯れはてさせる

地獄に誘うバンドのメロディが淋しく響けば
孤独とやるせなさだけがこだまして
空洞の心とともにたった一人で
大都会の夜のとばりに落ちて行く

昼下りの電車

雨の中、昼下り
電車は気だるく動いている
今日も身体に疲労を蓄積し
座席にへたり込んでいる
全身に力が入らず
思考がかすみ
精神が萎えている
周りの乗客の
うつろな目の鱗（うろこ）が
馬鹿にしてあざ笑っている

長雨の鉛色の空の下で
景色が過去に消えて行く
うらぶれたどこかの駅で

どんなに人が入れ替わっても
何も変わらない現実
どこに降りるあてもなく
無意識の中で
いつまでも電車は動き続けている
何の感動もなく
人生の行きつくところまで走り続けている

龍野篤朗

越前の片隅で

あやかれな　　と池田の叔父
どしたもんじゃろ　と大虫の父
こんじょよし　　と四ヶ浦の祖母

褒める言葉を聞いたことがない
あるのだろうが、覚えてない

誰に向かって発せられたか
若者である私に向かってのセリフ？　いや
面と向かって言われたわけではない
独り言のようなつぶやき
皆年寄りに見えた
自身に向けられていたのかしら

今、それらの言葉は聞くことができない
叔父も父も祖母も逝ってしまったから
皆、誇りが高いが
謙虚な人たちだった

あるとき私は……
どしたもんじゃろ
とつぶやく自分を見つけた
私の前には誰もいなかった
夕日の消えかかった軒の下で
中空に立ち
自分は
闇に溶け込もうとしていた

父たちは
どう生きるか　見つめていたのか

＊あやかれな
　＝困ったもんだ（調子を外れた大げさなやり方に対して）
どしたもんじゃろ
　＝どうしたらいいのか（ため息交じりに）
こんじょよし
　＝甘ちょろい（能天気な言動に対して）

カンジャ橋・地球の片隅

千葉晃弘

少年が遊びから帰るのが遅れて
姉がやきもきしていると
やっこら草の間に現われる謙ちゃん
カンジャ橋　田に水を引く小川に
丸太の木橋がかかっていた

少年が成人となって
この近くの電鉄の駅に勤めていた
六人の家族もいっしょであった
実家の兄は先祖伝来の名が付けられた
カンジャ橋の細い畑を貸した
少しでも口の足しになればと

体の小さな母には
畑の仕事はありがたくはなかっただろう
肥しを汲んで僕とふたりが担いでいった
僕らがいなごやどじょうを取って遊んだ
田のあぜ道の少し向こうであった

謙ちゃん　いくら草を取っても
謙ちゃんのものにはならんのや

先祖伝来の名前のある細い田に
さつまいもを植えたのか
その蔓を摘んで食べたのか
しかとは覚えていないのだが

父は電車の仕事に一本やりで
五人のわが子と実家の子も預かって
重い名のあるこの借地の畑を
ありがたい贈り物とは思わなかっただろ

＊カンジャヤ＝鍛冶屋と兼業農家の在所での屋号

中野恵一君の思い出

昭和40年3月の風の中を
私は金閣寺バスプールから
ボストンバッグ一つを下げて
帰福する日を前に
写真帳をくれた君
その中には今
アルバイトの同僚T君と
鏡湖池の前で写した写真がある
行儀の悪い拝観客を
持ち前の空手道を使って
蹴り倒したのを見て
私はそれを非難した
その後、私たちの鯖江の二階の部屋で
弟と二人寝泊りして行った

私は入社間もない頃で
ベタベタとは遊ばなかった
北九州へ帰郷のあと
実家からみかんが送られてきた
就職した名古屋のオリベッティへ
彼の消息を尋ねて電話したが
尋ね当てることは出来なかった
母の霊感では中野さんは
亡くなったのではないかと言った
私は彼の空手や少林寺拳法の技が
禍したのではないかと案じた

徳沢愛子

温暖化

ちりめんシャツ脱ぎ捨てて
アチアチアチと砂浜を
足裏かたげて　走った夏

あの夏は　まともやった
今じゃ波は砂浜飲み込んでしもて
アチアチアチの子らは　いない
波は南洋の小島まで　沈めてしもた

どうしるいね
腕組んで考えても　らちゃかん
目ェつぶって　波音きいとっと
一直線に胸を突いてくるもんがある
じゃぶーん　じゃぶん

ああ　ノアの箱舟が行く
世界中　水びたしにして
天国では番兵が騒ぎ出いた
隊列くずいて

右へ行くか
左へ行くか
それが問題だと
その昔　オリーブの葉を
銜(くわ)えてきた鳩を思い出しながら
地球再生の白鳩みたいがに
頬べたふくらまかいて　口々に

夕陽の中で

施設のベッドに　母ちゃんが座ってる
一〇一歳と七五歳は片寄せ
夕陽を浴びている
窓いっぱい流れこむ夕陽
母ちゃんは娘に語りかけている
ちっこい目は夕陽で赤い
赤うなった目で
母ちゃんは　なお娘に語りかけている
よな(夕食)が前の静かな時間
いつやったか　かいだ花のかざ(匂い)のような
ほっこり(あたたかい)したもんが
母ちゃんと娘を包んでいる
母ちゃんは娘から目ェ離さんと
つまつま(こまめな)とした話

今年ぁ　大根の育ちいいがいね　とか
あそこのたーた(女の子)　かわらしなったねェ　とか
明日もいー天気やよ　とか
耳の遠い母ちゃんと
ちょっこし(少し)でかい声の娘との会話
ゆるく　のびきった時の流れ
このひと時が　ずうっと　すっと続く
そんな気がする静かな夕暮れ
「明日もまた来てや
嘘つかんといてね　きっとやよ」
てきない(疲れた)顔もせんと
母ちゃんは娘に語りかける
夕陽は部屋いっぱいに　溢れて

道元　隆

球体の表面　脅威に満ちて

人が死んでいく
病死　事故死　殺人
コロナウィルス感染症による死
世界中で発生
ワクチン接種　隔離　水際対策
どこで感染したかわからない恐怖
検査で陽性　そこから始まる生死の格闘

無数のミサイルが飛んでくる
破壊　大量死　核への脅威
死体が転がり　異臭を放つ
放置　埋葬する余裕はない
野良犬　野良猫が歯を入れる
生きなければならないから

そんな状況でも爆弾が落ちてくる
無数の穴　瓦礫の山　破壊された建物群
誰もいない荒廃した街　どうするのか
何が大切で　どうしなければならないのか
何が邪魔するのか　交渉はまとまらない
当事者しかわからない問題

核保有国　使用すれば国が蒸発する
世界地図が変わる
打ち上げたら　終わりだ　精巧になった
そんな環境の中にいる人類
後のことは分からない　命があるかないか

宇宙旅行ができる時代
地球を壊そうとしている
資源が枯渇していく

科学は進歩し続けている
地球温暖化防止　世界規模で
滅亡と再生の繰り返し
手を取り合って邁進してきた

自然の怒りは止められない
大地震　強風　大雨　温暖化
それらが引き起こす脅威
行方不明の方　待っておられます
白骨になっても肉親の温かみを
自然災害に攻撃される島国
国土の分断があっても　故郷への思い
日本民族の誇り　無くならない

飢餓に苦しむ子供　治療を受けられない子供
十分な教育を受けられない子供
教科書がない　服がない　履物がない子供

誰にでも夢があり希望がある
奪う権利はない
人として働きかけなければ

人としてやらなければならないこと
コツコツと　誰かが見ている
殺しあうこと　今すぐやめよう
地球がもがき苦しんでいる

Ⅵ 関西

混ざり合いながら生きて行く

榊 次郎

関西エリアと言っても生活語（方言）は隣接する県とは微妙に違います。京都と大阪、大阪と神戸。奈良と和歌山など。夫が大阪生まれで、妻が和歌山であったりした場合など、一つ屋根で長く暮らしていくうちに、持って生まれた生活語（方言）は混ざり合っていきます。それでも日常の生活で当たり前になっている言葉も、夫婦喧嘩をした折など、生まれ育った地の言葉がつい、出てしまいます。地の言葉は自己表現するときに、もっとも力を発揮するのでしょう。

大阪弁などはＮＨＫの朝ドラや、吉本興業の東京進出でメジャーな言葉として理解されてきました。また、人間国宝であった桂米朝さんの上品な上方弁は、今でもＣＤで聴くことができます。

従来の共通語では言い表せない表現をするために、方言が共通語として定着していく場合があるようです。例えば、疲れた様子を共通語で置き換える言葉がないため、関西弁の「しんどい」という表現が定着しています。便利な言葉はいつまでも残り、広く使われるようになってきたのです。

一方で、孫たちが語尾に「○△でさぁ～」など、関東弁と関西弁が混じっているのを聴くこともある。

都市集中の生活から、地方へ移住していく生活模様に変化することにより、生活語あるいは、方言と言っても良いと思いますが、言葉の無形文化遺産として混ざり合いながら生き続けていくことでしょう。

秋野かよ子

牛を食べるとき

人間は不思議な動物だ
ヒレもないのに　泳いだり
翼もないのに　飛ぼうとする

「悪りぃ、手えや」
神と悪魔を握り　身勝手な心を抱えている。
ほら…あの先端を見てごらん
得体しれない器用な手指が突き出して動いているね

人間は食べるとき　生きたものを口にすると怖れる
死んで　なお活きの良いのを欲しがる
「いったん、死んでくれな　あかんのや、
旨さら、分からんよになるんや」
「なっとうな？　その魚。浜らで死んだ魚ら、あかん」

これほど、手のかかる動物はない。
しかも、ただの食を、ただ食を
とめどもなく追及されてきた

食べものは
いつも　どこかで　誰かが
命の息の根を止めてくれている
動物たちはベルトコンベアーに乗って、死んでいく。
その解体処理は、誰かの貴方の手に委ねてきた

「ええ牛やなあ」「ほんま、美味しそなや。黒光りや」
とポンポンと牛の体をたたいてきた。

解体業者は嫌がる仕事になっていたが
企業化され
人に喜ばれる美味しい食材業になっていく
動物は　人間以上に死を敏感に反応する
車に乗せられた黒牛は　すでに自分の運命を知っ
　ている
息の根を止める業者は　牛の心を見抜いていた

「わえらもょ、浜らでょぉ、
あんなよぉ　やぁゎらしシラスの釜揚げら
ひてみたいよぉ」
無骨な男は
ククッと腰をかがめた

牛豚の食肉業者の一人はまた言った
「はじめらよぉ　頭の中、にえてきてよぉ
なんどらぉ　殺しに来るよに思てよぉ
なんどが『殺意』もったもん来るよに思てよぉ
おとろしかってよぉ　慣れるんやろか、
慣れたらあかん思てよぉ。
拝んだよ…」

そう言えば、シラスの仕事場に神様は置かれてい
ないけれど　牛業者の前には
牛への飾り供養の花と神棚が祀られている

それでも時に、こころ弾ませ
鉄板焼きのフィレステーキを食べに行くと
予約の肉片が並べられていた
そこには歩いていた　あの黒牛の姿は心から消え
テーブルに
季節の花が点々と飾られていた

秋野光子

平和　侵略　三狂人　天の采配

庭のキンモクセイの木に
二十羽もの雀が　いっせいに飛びこむ
中でさわがしく　飛び交い
いっせいに顔を出し　飛び出して行く
夜には戻り　一木を巣にしている
ピラカンサに　ひよどりが山のように集(たか)り
赤い実を喰み　うるさく鳴き
木の下に　フンの山が出来
めじろの子鳥が　ユスラ梅の実を
喉につまらせて　落ちてきたり
千両万両　実南天の紅い実を
色んな鳥がついばみ
そのフンから芽が出　木が増えていく
時には　黄セキレイも五、六羽で来る
平戸ツツジの花の蜜を　雀が吸って
あちこち地面に落としてゆく
近くに府有林があり
色んな鳥が　庭に立ち寄り
バケツの中で　水浴びをしてゆく

黄色いフード付きのコートを着た　五才位の男児
立ち止まり振り返り　後に続く背負いきれない荷を
持つ母を見　振り返り立ち止まり　ふらふら歩く
ウクライナ・キーウから　ポーランドへの
避難民の　終わりのない逃亡の列
住居　病院　学校　生活基盤をなす凡て
美術館も焼き　焼土と化した街の　迷い子めがけて
ロシア兵は撃つ　空爆ミサイル毒薬爆弾を撃ち
自国の領土となすべく攻め続け　百日以上が過ぎ
世界中から　あらゆる手段(てだて)でボイコットされても
プーチンは強気で　ウクライナを攻めつくす

大国を振りかざし　月の裏側までも探り
東アジア全域の資源を手にすべく　軍港を造り
人権侵害をし　日本の領海にまで手を出す
自国のコロナ禍を隠ぺいし　自国民を痛めつけ
中国の民主主義と唱え　自分が終生中国の大将
と云う法律を作り　豪語する　習近平

一日に八発ものミサイルを日本海側に発射させた
コロナ禍　腸チフス患者多発　国民は生活苦に
あえぎ　各国からの薬剤提供を拒み
大肥りで笑う　若い君主面の　金正恩

美しく鳴いている鶯を烏がおどしている　ギャー
雀も追いかけられ　軒先の燕の巣から卵を食べる
プーチンみたいな烏　なんでやねん
美しく穏やかな日々を一方的に　つぶすわけ
云うてみい　あほちゃうか　頭おかしいねんやろ

うちは大阪のおばちゃんやから　歯に衣着せて
物云うのは嫌いやけど　一人でなんぼ云うてても
チリメンジャコの歯ぎしりで　伝われへん

地球は今
温暖化　寒冷化　旱魃　熱波現象　豪雨豪雪
火山の噴火　津波　竜巻　強大地震の予告
あらゆる自然災害が起きて来ている
コロナウイルスによる世界大戦が勃発し
人心の混迷など
人間の知恵の及ばないところで
天の采配が行われているのではないか　と
私は思っている

うぐいす　ひよどり　めじろ　せきれいの声
真夜中に　山から響いてくる
ほととぎすの声に　心を和まされている

北朝鮮、キムさん、世界共通語～かわいい～

あたるしましょうご中島省吾（なかしましょうご）

やっぱりネコガスキ
北朝鮮も馬鹿にしたもんじゃない
教会の北朝鮮出身の夜間中学生のキムさん独身
ティーンネージャー
かわいいとしか言いようがない
空ごとでかわいいと言うしかできない
教会の礼拝後の日曜日の昼食時
牧師先生が隣に座って私を守る
一番に私にオボンを持ってくるのはキムさん
私に一番に持ってくるキムさん
でも、仕事爆中の人生
できるもんなら私も

なんか役に立ってみたい
やっぱり子猫みたい
やっぱりネコガスキ
京都の葵祭の
仏教の花飾りをした仏像を腕や首に巻いた乙女・
　お姫様の俳優さんはキムさん
観客に手を振る、だが、俳優さん
キムさんはクリスチャンだから俳優さんとして
葵祭のヒロイン、花飾りされた仏教乙女姫はキム
　さんだ
だけど、クリスチャンの彼女を立てて、彼女は実
　は俳優さんとして
ヒロインの仕事をする
心の中はイエスキリスト

あっかんべえだ
キムさんがかわいい

どんなに日本人がお洒落にキメて
ジャニーズ百科事典に載っている私は
元ジャニーズはやらないよお~だ
どんなにお洒落に磨いてもダイエットしてもモデルさんでも
あのジャニーズ百科事典者のあの男の子はやらないよお~だ
北朝鮮に負けてる
ノースコリアンガールバーサスジャパニーズガール
私はキムさんが喜べば
キムさんには捧げてもいいよ~だ

有馬　敲

シラノの宇宙通信

ピィ　ピィ　ピィッー
月世界への道を知っているなら
地球の君たちもやってこい

空の國へ帰る雁の列に馬車をつなぎ
浮かぶ島へあまがけたのは
ずっと昔のおとぎ話

食料と　卵生むめんどりを詰めこんで
大砲の音とともに乗っかってゆく
これもとんでもない絵そらごと

そうだ　そんな幼稚な空想よりも
およそ四百年前の　この俺の
すてきなアイデアを聞かせてやろうか

一つ　丸裸の五体に朝露を振りかけ
照りつける日の光にさらしつつ
水蒸気もろとも消えてゆく

二つ　機械の名人　細工はりゅうりゅう
鋼のぜんまい　仕掛けた　歯車にまたがり
硫黄の火気でしゅる　しゅる　しゅる

三つ　西洋杉の木箱を作って　まぶしい鏡で照り
　返し
空行く颪は逆落とし
軽くなった木箱に引かれ揚がってゆく

四つ　上がる煙の昇天気質
しこたま詰めこんだ段袋
ひらりと打ち乗ると　ふうわりふうわり

五つ　三日月の中の子うさぎが
元気な乳牛の髄液に身を包み
夜の中天高く　舞いあがってゆく

六つ　ゆらりと下がった鉄の板
投げると磁石は　空へ飛び　鉄板は追いつく
磁石を投げるとまた追いつき　地球は雲の下

七つ　引き潮どきに荒海へざんぶりこ
見えない月の引力に吸い寄せられて
塩水もろとも引き上げられてゆく

八つ　いや　もうたくさんだ　脱線だ
気がつくと　月より下界へ真っ逆さま
どれもこれも夢物語の失敗さ

そこで　俺はとっておきの計画で
空の上の目的地めざし
最新式のロケットに乗りこんだ

火薬を六個ずつ六列に詰めてロケット弾を発射し
火を吐いた炎は二段目に燃えうつり
三段目の機体が飛び出す仕掛けだ

地球が青く見える暗い空で
狭い機体に埋もれた俺は宇宙駅から
月にむかって飛ぶ数多くのフェリーロケットを見る

そして夢見る　君たちが飛ばす人工衛星から
超高度に耐えて長時間飛ぶ
数人乗りの街星船が実現するときを

人間と人間があらそい
国と国がいがみあう楕円のふるさとは
はるか雲のかなた　星のかなた

待っていたまえ！　諸君！
もうすぐ　軟着陸した月の裏面の探検記を送って
　やろう
ピィ　ピィ　ピィッー

初出「シラノの宇宙通信」詩集『贋金つくり'63』。
二〇二二年四月改稿。

市原礼子

故郷の山

寒いと思ったら
石鎚山(いしづちさん)に雪が降ったらしい
朝日が差し込む台所の
小窓から見える遠くの山々
親指の先ほどにしか見えない頂に
雪が降っていると母は言った
そう言われてみれば
白く雪が積もっているようにも思えたが
石鎚山がどれなのか
ほんとはいまでもはっきりしない
弟にたずねるとあそこと指さす
遠くに連なる山並みの奥の
一番高い山が石鎚山
登ったことがある

高校一年の夏クラスメイトと担任の先生と
山小屋に泊まり天狗岳を目指した
まぶしい朝日がみるみるうちに高く上がった
わたしは待ちかねて声を出した
はよ　ご来光を拝みたいな　まだかなア
すると先生が
おまえは　おもしろいやっちゃ
もう　出てるじゃないか
拝むというからには
どのようなものが出てくるのか待っていた
ご来光が朝日であると気がつかなかった
なんというこどもだったことか
地球の裏側から回ってきた太陽は
拝みたくなるほどありがたいのだ
そんなふうにして
わたしは常識を獲得してきたが

いまだに常識がないと言われている

母の台所の小窓から見える世界は
母だけのもので
わたしには見えていなかった
台所を出たところに
川の流れを引いてきた坪井があり
ユキノシタが群生し
大きなイチジクの木が葉を茂らせていた
根元にしゃがみ込んでいる母の背中が見えた
近づいていくと
母は顔を上げないで
あっちへおいきィな　と手を振った
母は泣いていたのだろうか

わたしの台所には窓がない
コンクリートの壁に向かって

故郷の山々を眺める
塩ヶ森(しおがもり)の山桜はもう咲いている
ぼっ　ぼっ　と白く
黴が生えたように咲いている
水晶の取れるすべりやすい山肌を
子どもたちが登っている
小学四年の遠足にわたしは
えんじ色のビロードのワンピースを着て行った
都会の親戚から届いた素敵なお下がりの服
赤土の山道をのぼりながら後悔した
母は反対したのにそれが着たかった
かあちゃんの言う通りにすればよかった
いつのまにか母のそばにいた

故郷の山々を想うと
いた人たちが現れる

井上良子

わややなぁ

一千有余年の京都の底は
水はって　鳴ったはる
京の胎は鳴ってますねん

お茶のぴんぴん
お花のぴんぴん
料理のぴんぴん
友禅のぴんぴん
お墓のぴんぴん
菓子のぴんぴん
学問のぴんぴん
武道のぴんぴん
盆地の底の水琴窟
大山崎と男山のあいだ

三瀬あわさる底で
抜けゆくとこはひとつやて

一千有余年の都は
鳴りもんやわ

この春の花も満開
おかげさんで
ちらちらちって
ほろほろちって
背割堤
花弁の色は光ってんなぁ

ひとの足の下に　風穴あけて
なんや　おかしなもん
とおさはんねんて
便利よろしいなとかゆうて

よういわんわ

昔はご門の外へな
落ちた実
ひろた実
もってでたらあかんって
きつういわはったんやで
なんや　あほらし
植物園開けてしもおて
町の通りにしはるんや

わややなぁ
みもふたもあらへん
よういわんわ

町はええ音で
鳴ったはんのん聞こえへんの
かまわんのん枯れてしもても

しらはらへんのやわ
すかたんやわ
わややわぁ
ええらしいわ
よういわんわ

地球を壊す人間

後　恵子

地球の大気温度が上がっている
北極南極の氷が海中に崩れて
海面上昇で海に沈みそうな国
淡路島の砂浜はかなり前から侵食されている
一か月の雨量が一日で降るゲリラ豪雨
川は持ちこたえられなく氾濫家が流され
山は地滑りをおこし大木も倒れていく
長い間片道通行になった道路
竜巻が増え屋根が飛ばされ
台風の大型化で吹き飛ばされそうになり
近くの植木にしがみついた
冷暖房や車の快適な生活が
地球を痛めつけている
原始的な生活には戻れないもどかしさ

愚かな人間は築き上げた建物も
装甲車やミサイルで破壊し
大義名分は歪んだ空虚な主張
強権力を行使する国のリーダー
地球に瓦礫を積み上げる
美しい街々が廃墟になっていく
人間に武器を向けるなと叫びたい

寒さに耐えていた冬も
陽差しが強くなると
いつものように梅が咲き木蓮が咲き
桜にチューリップと次々と花が咲いていく
満開の桜並木を愛でながら歩いている
小鳥たちも嬉々と飛びまわっている
私の周りは弾の恐怖もない平和な風景
祖国を追われる避難民たち

困窮の中で街に居続ける人たち
何の手助けもできない無念なまま鬱々と
戦争をしかけたロシアは街の破壊もなく
皆が日常の平穏な生活を続けるやるせなさ
旧ソ連時代の権力思考と恐怖政治を思い出す

夕方ラッシュ時の一時間
鉄道駅の改札口前の空間で
十数人の人たちと戦争反対ウクライナに平和を
武器で平和はつくれないなどのプラカードを持ち
大きな声で訴えた
平和が早く来るようにと毎日祈り
高齢の私ができるのは小さなこと
耳が悪くなって膝の痛みをかかえる私は
破壊された街に居続けなければならないだろう

遠藤カズエ

うっとこ

おんな言葉のうちは　わたしになり
うっとこ　という言葉も
いつの間にか聞かなくなった
うっとことは　うちの家のこと
父曰く京都で生まれ育った私が
家族のなかでいちばん京都弁をよく使い
京都人気質とか

私が「うっとこは…」と
口にしなくなったのは
母方の伯母が嫌って
毎年夏冬休みに会ったとき
眉をひそめ　その都度訂正させられてからだ
母の故郷は名古屋

三男四女の末っ子で
いわゆる良家の子女
四人姉妹は名古屋弁を使わなかった
祖父母もしかり
ただアクセントは標準語とまではいかなかった
環境としては仕方がないだろう
不思議なことに
三人の兄弟は名古屋弁
しかしみんな　言葉遣いは丁寧だった
そして
いまはもう誰もいない

言葉は鮭のように戻るのか
この頃私は京都弁が落ち着くようになった

にぬき（煮抜き）

子供の頃近所のたえちゃんは
ゆで卵をにぬきと言っていた
私はその言葉が嫌いだった
なぜかゆで卵が喉にひっかかり
むせてる感じがするのだ
彼女の両親は京都出身であった
後にそれが京都弁だと知る

そのにぬきが観光地で
赤にぬきの名で売られている
インパクトのあるこのネーミングは
卵の殻が赤だからとか
しかも名物と称してあり
京都育ちの私でも
せき込むことしきり

分からぬことが

大倉　元

祖谷の僕の家に何故か蓄音器があった
叔父たちが家を出て稼ぎが良くなり
百姓で苦労している兄への贈り物か

昭和28年頃に聴いた浪曲の中で
世の中に分からぬことが三つある
一つは　孫は可愛いいが嫁は憎い
姑は　孫を連れて嫁の悪口を言いに隣近所へ
二つ目は　こんにゃくの裏と表がわからない
三つ目は　なんだったのか？　どうも思い出せ
ない

今の世の中には分からぬことが多すぎる
戦争をする　殺し合いをする

国と国や　国の中でも同じ民族同士が
豊臣秀吉が天下をとり蜂須賀小六が阿波の殿さん
になった
平家の残党が住むという祖谷を攻めた
侍大将は駕籠に乗って物見遊山気分
どっこい祖谷の若者達は中々手強かった
いつ　源氏が攻めてきても戦えるように
常に訓練をしていたから
幾度となく手痛い目にあった

僕も村の祭りで大人たちが源氏に見立てた的を射る
村祭りの戦争ごっこ？　の矢を集めるのに
足軽の役で出たことがある

軍人は人を殺し　手柄をたてれば英雄
軍需工場は人殺しの兵器を作って金儲け

普通の頭では理解に苦しむ
何とも世の中は分からぬことが多すぎる

祖谷＝徳島県祖谷（現在の三好市）かずら橋が有名

岡本光明

地球

戦争

何で
人を殺すんや
何で
核兵器を使う　とか　言うんや
自殺行為やのに
もちろん
世界に
自殺しようとしてる人が
いてるって
ことは　知ってるし
自分が死んで
他人を　道連れにしよう

っていう　人がいてるってことも
まあ　あるやろう
せやけど
何でや
何で　戦争するんや
まあ
言うても　言うても　言うても
あかんのは　わかってる
けど　何でや
何で
自殺しようとするんや
頭おかしいんか
せやな
頭おかしいんやな
せやけど　何でや
何で　そんなこと　するんや

ウイルス

もう　ええんとちゃうか
もう　ええかげん
ええんとちゃうん
もう疲れたわ
新型コロナウイルス
ほんまに　もう　疲れた
将来　この詩を　朗読する時
ああ　そんなん　言うてたなあ　って
なってたら　ええなあ
そうなってたら
どんだけ　ええやろ
ほんまに
そうなってたらなあ
昔から　感染症　って　こわいのは
あたりまえや

せやけど
こんなに　続くとはなあ
思ってもみんかった
ほんまやで
こんなに　続くって
せやけど
もし　この詩を朗読する時も
まだ　おさまってなかったら
どうしょう
どうも　こうもないわなあ
ああ　いややなあ
おさまってないかなあ
新型コロナウイルス感染症

マリオネット

尾崎まこと

〈マリオが自分の糸を切った！
これはもうお芝居ちゃう！　ホンマモンヤ！〉

カトレア組の子どもたちは一斉に悲鳴をあげた
小さな惨劇は人形劇場の舞台でおきた
一本の糸が植木バサミを宙吊りにし
回る刃先がぐったり伸びたマリオの胸の上にある
あちらこちら　子どもたちの失禁で水たまりがで
　きている
〈お芝居ちゃう！　ホンマモンヤ！〉
引率の女先生は何度も金切り声をあげた
〈いいえ、これは台本どおりのお芝居です！〉

座長らしき初老の男が
ギラギラ眼を光らせながら若い先生をフォロウした
　この世界ではよくある事件
　つまり人形と人形遣いとの禁断の恋
　狂ったマリオはハサミを振り回し
　世界と自分をつなぐ糸をことごとく切った
　というお話です
〈タム　タム　タム〉
男は幕を下ろして良く響く拍手をした
それでも子どもたちの騒ぎは収まらなかった
ハサミで自分の糸を切ったマリオをまの当りにし
たからである

お静かに
先生のおっしゃるとおり
人形に魂はありませんから
マリオを愛しすぎ　狂った人形遣いが
マリオの持っているハサミを使って

操り糸を切った　というお芝居です

男は悪寒に震えだす先生を楽屋に運び入れ
そばかすだらけの背中をさすってやった
化粧鏡に映る男に先生は尋ねる
〈あれはあなたのシナリオどおりですのね？〉
〈そうですとも　全くシナリオどおりですとも〉
男は先生への答えをわずかに修正して言った
〈神のシナリオどおりです〉

男は先生の白いうなじに黒子を見つけ
〈ありました、人間の糸〉
男が黒子の穴から糸をツーと引き出すような仕草
　をすると
先生は人形のふりをして
ビクンとのけぞってみた

劇場前の広場では影を長くした子どもたちが
見えないハサミを頭上で振り回し
見えない糸を切り
地球にどっと倒れる遊びを繰り返した
〈糸を切ったのはやっぱ　マリオのやっちゃ！〉
カトレア組の美しい先生を待っている

彼末れい子

べっちょないか？　ずつのうないか？

六甲山麓の　庭の片隅に置いた
小さな水槽で飼っていたのは
中国産の南石亀〈ミナミイシガメ〉
下町のペットショップでみつけた
その亀には
カメジロー　と　祖父の名前をつけた

戦前の東播磨
山深い村に生まれた三兄弟
長男は東京に出て
苦学し内務省に入り　戦死した
三男も後を追って　東京に消えて
神田精養軒のコックになったという風の噂
二男だった祖父
実直な働き者だった亀次郎だけが村に残り
家と田んぼを守って
静かに逝った

カメジローはおとなしい亀だったが
大雨になると
水槽からあふれ出る水に乗って
外にころげ落ち
遠くまで這っていくのが常だった

お宅の亀　駐車場を歩いてましたよ
そのたびに　近所の人に保護され
わたしは引き取りに行き
カメジローを抱きかかえて戻ってくる

ほんまは
もっと遠いとこに　行きたかったんやな

べっちょないか?
ずつのうないか?
遠い日に　祖父がそう言って
わたしのお腹を撫でてくれたように
わたしはカメジローの手足の傷を調べてから
甲羅を撫でてやった

それから何年か　たった
大雨の暗い夜に
カメジローはほんとうに　姿を消してしまい
もう戻っては　こなかった

*べっちょないか＝別条ないか（悪い所はないか）
*ずつのうないか＝術のないか（腹ぐあいが悪くないか）

紀ノ国屋　千

布袋さん

伏見人形の布袋さん
なんで消えた
京の町家の棚の上
荒神棚にならんではった
小さいのから大きいの
ひー・ふー・みー・よー
いつ・むー・なな
七つ揃たら　大めでた
家中　元気　笑い声

暮らしつづけた家族たち
京町衆の　お七人
一年無事やったら布袋さん一つ増え
そして元気でまた増えた

そやから、揃た
七つの布袋
生きてることの逞しさ

日枝のお山に雪が降り
雪雲・ガサガサ町隠す
底から冷え冷え　走り庭
井戸に水屋、その奥に
黒すすこってりおくどさん
すす黒は凶事(わるごと)たちの消し炭色
降り積もる災いを塗り込めた
荒神棚におくどさん
七体揃った布袋さん

京子はんは……
大好きやった夫に先立たれた

笑い声とお喋りのだい好きな
気立てのええ人なんや

救急病院に駆けつけた時
京子はんの口から垂れていた
涙のようなよだれ
この家たちの
いろんな日々が
鉄のベッドを回っていた

お山がうすい黄衣(きごろも)にかすむころ
布袋さんはひとつ消えていた
家族が旅立つごとに
荒神棚の布袋さん
居無くなる

大きなお腹
ぽってりあぐら
撫ぜるとくすぐったい
むせるほど愛おしい土の色
伏見人形の布袋さん

止められない悲しみのおわり

白神

久保俊彦

うっそうとしたピラミッド型の杉の林があって息を呑むほど画趣に富んでいます。これこそ本当の美観です。『日本奥紀行』Ｉ・バード著

北緯 40°22-32′　東経 140°2-12′
矢立峠から西へ日本海沿岸まで続く
17,000ha の山地が拡がる

木伝えよ
水へのオード
山連（やまなみ）に囲まれた
橅（ぶな）の純森をはじめとした原生林
一見　ボロをまとっていたような
透過する光の樹上棲をマタギが狙う

耳をそばだてると聞こえてくる
後ろ足で
泡巣の未成熟卵をとりまいて
鼓動する
モリアオガエル——*Rhacophorus arboreus*
　カララ・カララ
　　コロコロ
　　　クックックッ…
葉に埋もれた根は深くしずみ
木々を反響させる
を追い出すドラミングに
振動する
クマゲラ——*Drycopus marius*
　ココロココロ
　　クックレア
　　　キョキョキョロキョロ…

多次元の可視光が短く
水晶より長い紫の電磁線
菌糸や実生が繁茂し
木皮に輪染みをつける
歩行可能な整然とした幹には
寄生植物や地衣類がへばりつく

山でさえ戸惑っているから
いつか復讐してやる
天気はいつも気分次第だから
緑まっただ中を通るしっとりとした気流
栄えている　蟻理論
しつこいほどの歩みがうるさい！

夏　海風が碧緑にオゾンと重なり合っていた
一面に広がった日本海に陽が沈んでいく
空は夜の準備を整えはじめている…

熊井三郎

地球内生物・わたし

ぷかぷかと

おまえを　おいて
さきにいかれへん

びんのふた　あけたらな
あかんさかい

おまえを　おいて
さきにいかれへん

ハムのふくろ　あけたらな
あかんさかい

おまえをおいて
さきにいかれへん

ブラジャーのホック　とめたらな
あかんさかい

おまえもおれをおいて
さきにいくな

あほなこといいおうて
だれとわろたらええんや

いくときは
ふたり　てぇつないで

がけのうえから
うみにとびこもか

はなれんように
ひもでしばって
なみのまにまに
ぷかぷかと
ぷかぷかと
ぷか
ぷ
か
と

コロナ戦争 —— 喫茶店妄想曲

こら　おばはん
こんなとこにふたりできて
マスクもせんと
しゃべりまくっとったら
あかんやろ

なんや　おっさん
こんなとこにひとりできて
よんだりかいたり
そんなもん
いえでやらんかい

（2022.3.14）

確かめたいけど

佐伯圭子

時間の流れは
高いとこほど進むんやて
ほんのちょびっとらしいけど
あの舌出したアインシュタイン先生が
そう言わはった
確かめたいけど
無理
雲に乗ったら　あいびきの時間
早やまる?
その分　寿命ちぢまる?
いえ　延びる?
確かめたいけど
雲の上

確かめたいけど
今は何処へも行かれへん
恋しい顔も見られへん
おいしいものも食べられへん
確かめたいけど
出かけられへん
コロナのせいで

それよりか
娘は正社員クビになって
行方が知れず
路上に三日　水だけで
寒かったですと　答えてた
貌ぼかされた画面のあの娘（こ）
わたしの娘ではないのかしらん

去って　遠くへ行ってしまった人数多（あまた）

あの世もこの世も境界（さかい）なくなり
ちち　はは　おじ　おば
あのひと　このひと
何処に居はるか
確かめたいけど
わからへん

思い出だけがくっきりと
色鮮やかで
確かめたいけど
目だけを出した　マスク顔で
四月のピンクムーンを
仰いでいる

榊　次郎

ダーウインもビックリ

『魚にも自分がわかる』
大阪市立大学理学部教授の幸田さんが
けったいなタイトルの本を出しよった

釣り好きやから
中身を吟味もせんと買うてしもた

この地球の生き物の頂点に立っているのが
我々人間やそうで　その次が
霊長類　哺乳類　鳥類　爬虫類　両性類
最後は魚類が学会の序列の定説らしい

先生の研究ではヒトと類人猿だけが
特別な存在ではないと

ヒトと動物の間にはルビコン川はないと
魚にも自分がわかると云うてはるんです
「水槽の鏡に俺が映ってるう～」
難しい言葉で魚も
〈鏡像自己認知〉が出来るらしい

ほんまかいなぁ～
疑り深いわたしには解りまへんが
グッピーもメダカも
自分の存在がわかるそうです

えらいこっちゃ
釣り好きやのに
こんな本
読むんやなかったと後悔しております

もしも明日の夜釣りで掛かったら

アジやチヌやスズキと目を合わすのはやめとこ
ナンマイダ　ナンマイダを唱えながら
顔を横向けて針から外すとしょうかいなぁ～

生き物の不思議

青い地球はだれのもの
だーれのものでもあれへん
生きているもん
みんなのものだっせ
ミミズもカエルも
蛾も蝿も
生きているもののもの
人間だけのものと思うているのは人間だけ
名無しの草も名無しの木も
生きているもののもの
生まれて　死んで
死んで　生まれてくる
大事にせなあかんなぁ～
青い地球はだれのもの
だーれのものでもあれへん
生きとし生ける
みんなのものだっせぇ～

擦り切れて、寂しい

下前幸一

分かれへんことがあるよ
お腹の底に落ちなくて
喉元に引っかかっているような
割り切れへんし
納得もでけへんし
いっそ飲み下したいけれど
どうにもでけへん
吐き出すことはもっと不可能
もどかしいねんけど
なんか中途半端で
いらいらする気持ちもあるねんけど
まあ、ええか、とそのままで
忘れたいけど
忘れたころには思い出す

本当はこのまま納得したいし
したことにしてもええかとも思うねんけど
そやけど、それは嘘やから
嘘やと知りながら目をつむることはでけへん
そやから言うて、立ち止まるのも違う
朝起きたら、顔洗う
ご飯を食べる
トーストと目玉焼き、ベーコン
朝日新聞の「天声人語」
マリウポリの暗闇
遊覧船の沈没
行方不明の女の子
しゃれこうべと靴
上海下町のロックダウン
接種会場のおとなしい老人たち
なにを考えても
考えへんかってもおんなじや

おんなじかもしれへんけど
ふと立ち止まって
考えてしまう
考えても考えはくるくる空回りして
いっこも身に付けへんし
お腹の底には届いてくれへん
テレビは良くしゃべる
橋下徹は良くしゃべる
賢さを競ってるようや
でも、なんにも届いてけえへん
本当のことはなんにもない
嘘ではないかもしれへんけど
本当のことはない
ほんまに引き返したいと思うことがあるよ
どの時代、どの場所へか
わかれへんけど引き返したい
しっぽを巻いて引き返したい

唇噛みながら引き返したい
心のいろんなところが
擦り切れすぎたから
ひと気のない枯れ沢みたいやな
丸裸の熱帯雨林みたいや
砂ぼこりの村みたいや
被災地のランドセルみたいやな
ミャンマーの口ごもった屋台みたいや
北京語が威張ってる香港みたいや
大阪湾の埋立地の夕暮れみたいや
騒々しくて
ほんまに寂しい地球みたいや

地球儀

白川　淑

息子が子供のころ
叔父さんから　地球儀をもらった
くるくる廻したり　指で地図を追ったり
悦んで楽しんでいた
「ニッポンてチッチャイなぁ」

神戸で地震に遭った
部屋中　散乱して歩けない
地球儀がない　やっと見つけたら
床に落ちて　壊れていた

ふるさと京へ戻ってから
電気スタンドになった地球儀を買った
たまに海外旅行の予定があると
台湾　ギリシャ　オーストラリア　などなど
眺めただけで　ずっとほったらかし

三年前からもてもてに
「中国の武漢て　どこえ
いや　近い　こわいなぁ」
「コロナはな　どこへでも飛んでいきよる
フランスでも　ドイツでも　アメリカでも」
「えらいこっちゃ　年寄りやし」
まだまだ　コロナのイケズは続く

最近は　ロシア辺りを探す
「プーチンて　どこにいはんのん
モスクワやろか……なんの怨みがあるのん
ウクライナは　お気の毒やし
キエフ（キーウ）は京都と姉妹都市
美男美女の文化人はたんといはる

土地により　国により　それぞれに
地球儀を　桜地図にしたい
地球中を　ももいろに

うちらも　なんとかせなあかん」

敗戦前後を思い出す
国民学校低学年　結核性肋膜炎
虫に刺されて包帯でぐるぐるまき
おなかペコペコ　いもづるのお粥
生き残れたのが不思議
両親やら　ご近所さんやら　先生やら
人様のお陰で　要支援2の今がある

あのとき
空から校庭へ　ビラが撒かれた
――花の都はあとまわし――
達筆の日本語で

今　桜　満開
早咲き　遅咲き　花びらが散り　八重が開く

瀬野とし

立って歩く

娘を膝に抱くと
〈たっちだっこ!〉
重いのだけど…
わたしは立ち上がり
抱いて歩いた
娘はごきげん

孫を膝に抱くと
両足を何度もふんばる
〈たっち〉ということばはまだ知らないが
〈立て!〉という合図だ
重いのだけど…
わたしは〈よいしょ!〉と立ち上がり
抱いて歩いた
彼はごきげん

それからというもの
膝に抱くと
彼は両足をふんばりながら
〈よいしょ!〉とかけ声をかけ
わたしを笑わせて
立って歩かせた

こどもは
ちきゅうの上を立って歩くだっこが
どうしてこんなに
好きなのだろう

娘も孫もおとなになって
わたしの膝の上は
もうからっぽ

ぼんやり坐っていると
〈たっちだっこ！〉
〈よいしょ！〉
どこからか　聞こえる

娘や孫といっしょに抱いていた希望が
まだ　わたしの膝の上に
残っているらしい

その希望が
坐りっぱなしでなく
ちきゅうの上を
立って歩いてほしがっているらしい

生活語って…？

田井千尋

生活語ってなんでしょうね？
聞こえない私には掴み所のない言語
応募内容を吟味してみたところ
メールにも生活語があるんだって…驚!!
あっ！　レスも生活語のうちに入るのかしら？
畏(かしこ)まらない単語で気軽に使ってしまう

いつだったか、姉へのメールに妹の私は
妹「レスありがとう♪」
姉「レスとは何ですか？」
妹「レスポンスのレスです。」
姉「ご返信またはご返事と書きなさい！」
妹「はい…」

暫し時をおいて届いてたメールを開いたら
姉「お変わりありませんか？」
春の陽気に誘われた妹の私は
　「こんちゃ♪」とレスしてしまった…
姉「こんちゃ…は何ですか？」
妹「こんにちは♪です。」
姉「こんにちは♪と書かないと分からないよ！」

懲りもせず「ばんちゃ☆」とメールしたら
姉「ばんちゃって何のお茶ですか？」
妹「こんばんは☆です。」
姉「はぁ!?」

数日後に姉から表情や動作が一つ一つ違う
可愛いコメ付きのスタンプが届いてました。
姉「お誕生日おめでとう！　ちーちゃんの大好
　きなトイプーよ。これで挨拶してね！」

妹「わぁ！　おおきに‼　かわいい〜〜」

コロナ禍で二年以上も会えてない二つ上の姉
生まれて田舎で育てられ乳母も違うからか
「親しき仲にも礼儀あり」という鉄壁が
がっしりと立ちはだかってるんでしょうね
　死ぬまで……

それでも地球上でたった一人の姉
　お姉ちゃん♪
　　いつまでもお元気でいてね！

高丸もと子

うどんやのおばあちゃん

ありがとさん　おおきに
お子さんは？　またきてや

六人部屋の病室で　見舞客　みんなに
にこにこして　声かけはる
この言葉以外全部忘れてしまいはった

せやけど　夜中にな
えらい　言わはったことが　あってな
「火事やあ！　火事やあ！」って
夢でも　見はったん　やろか
誰がなんと言うても　きかはれへん
「火事やあ！　マッチ！　マッチ！」
看護士さんが　とんできて

「マッチはあぶないなあ　ほんまに火事になるわ
　なあ」
何回も　言わはるから　聞いていた　みんなも
笑うてしもたわ
せやけど　おばあちゃん　ずうっと
「マッチ、マッチ！」言いたおさはる

するとな　今まで黙ってはった
足元の人がな　こない言わはったんやで
「おばあちゃん　仏壇に火　点すねんな　ちゃあ
　んと　点しといたで
もう大丈夫やで　見とくさかいな
おばあちゃん　マッチ　もうしもとくで
ええやろ　な　おばあちゃん」
おばあちゃん　にっこり　笑うて
安心して　眠って　いかはったんやで

そうそう　こんなこともあったわ
三月やいうのに　まだ寒い日や
これも夜中や
「ふとん　ふとん」
そう言うて　自分のふとん　まくらはる
風邪でも引かしたら　えらいこっちゃ
看護師さんが何べんも　ふとんかけはる
せやけど　足で　ふとん　蹴らはる
しまいに看護師さん　怒らはってん

するとな　あの人がやっぱり
優しいに　どない　言わはったと思う
「おばあちゃん　ふとん　干したいんか
ええ天気やもんなあ　ふとん　干そ　干そ
おばあちゃん　ふとん　干しといたで」
その言葉で安心して
ふとんかけて　もろうて
眠って　いかはったんやで

あんなこんなも　すっかり忘れたはって
今日かて　来る人　来る人
みんなに　声かけはる

ありがとさん　おおきに
お子さんは？　またきてや

みんな手ふって　帰らはるんやで
おばあちゃんとこの　うどんや
えらい繁盛やわ

電車の中で

武西良和

次から次へと入ってくる

おれたちの電車は止まったままだ
一向に動こうとしない
行き先はわかっている
前の人たちもそのつもりだ

何本もの車両が通り過ぎた
もう動いてもいいではないか
新たに乗客が次々と入ってきて
席についていく

出入りする電車の数から考えて
もうとっくに発車していなければならない

すでに行き先を告げるアナウンスがあり
もうすぐ満席になるというのに

雨が降り始めた
雨粒が窓にビシビシ打ちつけ
発車を急かせている
窓ガラスが雨で濡れきって
外の景色は泣き続ける
赤子の目

やっと電車が動き出した
窓の景色が流れる
ビルがゆがみ
電柱や木々が折れ曲がり
垂れ下がった電線が波を打っている

スピードが上がるにつれ

外の景色は極度に
滲み
反り返り
飛び散っていく

外にはもう何もない
ガラスの厚み
深海の底
音もなく振動もなく
明るさも暗さもない

どれくらい時間が経っただろうか
車両がガタンと揺れ
車窓に日差しが戻った
——まもなく京都、京都です。
電車がビルの間を最後の疾走をしていく

車輪と線路の軋り合う音が
さっきまでの景色を粉々に砕いている

電車が橋に差し掛かり
川を跨ぐ
それまでの体験を悉く(ことごと)石つぶてにして
川に投げ込む
そいつは淀んだ川の底に
ズボッズボッ

電車は揺れが収まり
隣の席では母に抱かれた赤ん坊が
すやすや寝息を立てている

〈初期形〉二〇一九年3月3日(日)「はるか」車内にて

田島廣子

カラスとサギとカモと

歩行訓練の利用者さんと
大和川の桜道を歩いていると
信号機で止まっている車の上に
迷い込んできたように　子サギが乗ってきた

今日もカラスが二羽子サギを追い回している
空に逃げ隠れるように　飛び立った子サギ
カラスは　何やらとらえて空中にいる
カラスがまた二羽急降下する

マンションの近くを流れる川にいるサギを
カラスがおそい　くちばしで突っつき始めた
突然のことでサギは無抵抗　羽ばたけないでいる
朝見に行くと　サギは死んでいた

親ガモが子ガモを連れて　川面を泳いでいる
十二・三羽ほどのカモがやってきた
パンの耳を投げると喉にかかり首を後ろにした
私の食べているパンを投げると食べた

パンを食べてカモたちは　楽しそうに
羽ばたいたり　飛んだりしている
　おいで　おいで　カモちゃん
手を振りながら私は明日の子ガモの命を祈った

その時カラスが二羽　子ガモめがけて急降下した
カラスには炊き込みご飯をやると突いて食べた
子ガモは小魚がいっぱいいる川を泳いでいる
　ああ　よかった　よかったね

仕事休みの日々の時間と連れ立って私は

可愛いわが子のような野鳥を眺め歩きひとり座り
仕事疲れの私を安堵させるように深く深呼吸をする
さわやかにそよぐ風を　抱きしめて・・・

さお秤

玉川侑香

オレ　さお秤という

長さ六十センチ　目盛りがあって
先に大きなひっかけのついた　秤
鉄の重たい分銅を通す

店の主人がふとん屋やったころは
すぐに襟首つかまれて　車につまれ
敷布団の綿　掛け布団の綿

十五キロまで　測ってみせた

オレの胴体は
主人の手あかと綿の油でツルツルやった

そやけどオレは　今
冷たい物置の中

久しぶりに主人の顔を見たんは
オレの分銅につまずいて
アイタタタッ

世間のみんなも忘れたやろうけど
オレは　秤
たった1本のさおで　場所もとらへん
便利で役に立つ　秤

資料館なんぞへ入れるな
五つ玉そろばんのとなりへ並べるな

オレは　まだ働ける
オレは　さお秤

西田彩子

地球

私の家の
小さな庭に
今年も忘れず来てくれた春
椿・バラ・紫蘭　と
バトンタッチするみたいに　花が咲いて行く
―地球さん有難う！
私は　そっと呟く
台地に脚を支えて貰いながら

その後を追いかけて
躑躅・藤・山吹と　次々花が咲いて行く
―地球さん有難う!!
私は　そっと呟く

台地に脚を支えて貰いながら

ずっと昔のことやけど
未だ幼かった子供らと一緒に
テレビを観ていたら
暗黒の宇宙の画面の中に
ぽっかりと浮かび上がった天体があった
ライトブルーに輝く美しい星
ナレーターが説明する
―中央の水色に輝いているのが太平洋
右側面に見える凹凸は南北のアメリカ大陸
左側面に見える凹凸はアジア大陸
アジア大陸に寄り添うように見える点々は
日本列島です

感に堪えへんように娘が云う
―地球て　やさしそうな星やねェ

大真面目に息子が続ける
―カッコええやんけ

私は　そっと祈る
台地に脚を支えて貰いながら

それから半世紀
何故か　地球を傷つける行為が
増え続けている
地球温暖化・環境破壊・コロナ禍
―地球さん御免なさい!!!
私は深々と頭を下げる
台地に脚を支えて貰いながら

いつまでも
いつまでも
優しいライトブルーの星でいて欲しい　と
暗黒の闇の宇宙の中で
夢のように輝く　美しい星でいて欲しい　と
―地球さんお願い!!!!

根来眞知子

ＤＮＡ

「おばさん
最近おばあちゃんに似てきはったね」
「あんたもそない思う？
　私もね……」

なんだか母に似てきたなと
この年になってよく思う
合せ鏡にみる斜めうしろの頭の形
立ち上がる時のよいしょという声
外出するとき必ず何か忘れて取りに戻る癖

若かったころ
「あんたのお母さんは綺麗やね」とよく言われた
私が「綺麗やね」と言われたことはなかったが

私は私で母とはちがうと気にもしなかった

母が亡くなって四半世紀
忘れていくことの多い中で
今頃になって気づくＤＮＡの底力
この間フィッティングルームで試着して
くるりと回った時一瞬母を見た
予期しないとき
ふと重なり合う親子の影

ＤＮＡよ
若かった時にこそ働いて
母のあの美貌をちょっとでも伝えてほしかった
今頃言っても
詮無いことだけど

怖い話

少し前ロシア人で毒殺された人があったな
ＫＧＢの特殊部隊員のリトビネンコや
プーチン大統領に盾突いて
ＫＧＢにいた時の秘密をばらしたんや
ロシアにおられへんようになって
イギリスに亡命したんやけど
ロンドンで知人と食事したとき
具合が悪くなったらしいわ

なにで殺されたんや
ポロニュウム２１０ていう放射性物質や
微量で人を殺せるらしいで

ロシアでは今でも
そんなもん使ってでも政敵を殺すんやな
食物に毒を盛るって
まるで歌舞伎の「先代萩」みたいや
江戸時代には殿様にご飯出す前に
お毒見をしたらしいからな

て　ことは
いまだに毒殺が行われているロシアって国は
日本に比べて二百年遅れてるな

そんなことプーチン大統領に聞こえたら
えらいことやで
ポロニュウム２１０盛られたらどうするねん

ああ　こわ！
食物に気いつけよう

水に流してしもたら困る話

原　圭治

あんなあ　大阪は水の都とよう言いますやろ
あんた　その訳　知ってまっか
四百年程まえ　大阪は　地方からいろんな品物が
集まって「天下の台所」と呼ばれましてん
こんなに商売が盛んになったんは　ひとつは
町じゅうに網の目のように堀川が巡らされ
大阪の街は　ど真ん中に川が口の字を巡るみたい
「水の回廊」言うのがありますやろ
よう　阪神優勝した言うて　熱狂したファンが
無茶ぶりして　道頓堀川へ飛び込むんですわ
この大阪は　淀のみずと縁が深いんでっせ
人が住み続ける所は　必ず水と縁がありますんや

地球に　人類が暮らし始められたのは
水の存在があったから
地球上には　およそ十四億キロ立方メートルの水が存在し
宇宙からみた地球は　きらきらと青く輝いて
「水の惑星」と呼ばれているように
地球の表面は　約七十％が海で覆われ
存在する水の　約九十七％は海水だから
人間が利用出来る淡水は　地球上の水の総量の
たった二・五％程なので　いのちのみずとも

この頃　世の中変なことようさん起こってますわ
訳もなし人殺すし　コロナ菌もころころ変わって
マスクはずされへんし　死んだ人ようさんや
おまけに　お天気まで世界じゅう可笑しいでっせ
北極や南極の氷が　どんどん解けてるそうですわ
人が利用出来る淡水の七十％は極地の氷雪で
その南極大陸の氷床もどんどん壊れてるそうで
えらいこっちゃ　これでは世界じゅうのお天気が

ひっくり変える程可笑しくなっていきまっせ
人間　生きていかれへんようになりますわ

二十一世紀は　世界を襲う水危機の世紀と言われ
二〇五〇年に　四十億人が慢性的な水不足となり
水を巡り　争いの世紀になると予言されていて
なぜ　地球の水が不足するのだろうかと
一つは　地球の人口が爆発的に増えると
食糧を増やすため　大量の農業用水が必要となり
二つは　社会発展で　水の利用が増大し続けて
三つは　都市への入口が　集中し過ぎては
使い続ける水の需給が追い付かなくなって
農業用水　生活用水　工業用水のいずれも増加し
未来は　水ストレスが増大する可能性が高まって
地球の水は　姿を変えてぐるぐる廻ってますやろ
ここまで来てしもたら　水なぶりは許せまへん

なんやかんやと無駄口叩いてる場合と違いまっせ
あんた　よお考えなあきまへんで

紀元前五世紀の　ギリシャの哲学者　ターレフは
「万物の根源は水である」と唱えたそうだが
地球温暖化が　もうこれ以上進むと
解ける氷床に　海流は止まり　熱帯雨林が枯れ
地球環境の激変が起こると言われ
地球の気候が転換点（ティッピング）を迎え
水は　世界じゅうの人類を滅ぼすことになるかも
頭ついてんやから　寄せ集めてなんとかしなはれ

福田ケイ

瑠璃色の星に生まれて

この瑠璃色の星には
山があり　海があり　湖があり　川があり
森があり　木々が繁り　花が咲き乱れ
鳥がいて　魚がいて　虫がいて　獣がいて
人間たちが住んでいる
そして　名もない私がひっそりと暮らしている

山が私を呼んでいた青春時代
小さな身体に重いリュックを背負い
穂高　槍ヶ岳　燕岳　御嶽山や
スイスの山々などを縦走した
落石と霧の中を進み
踏みはずせば深い谷底
死は　絶えず私の脳裏にあった

途中で出会った雷鳥の親子や
咲き乱れる高山植物の花にみとれ
残雪でのどをうるおし
一歩一歩　進みながら
やっと　山小屋にたどり着く
見上げると美しい星月夜だ
早朝　頂上で見た　輝く荘厳な御来光に
こころが浄化されてゆく
不思議な世界に手をあわせた

宇宙にひとつしかない
瑠璃色の水の星　地球よ
私はこの星で命を授かった
だから　せいいっぱい生きてゆきたい

けれど

あの悲惨で恐ろしかった太平洋戦争を忘れない
戦いが終わりを告げたとき　私は5歳だった
今
ロシアによるウクライナ侵攻で
多くの市民が殺されている
子どもたちのつぶらな瞳は悲しみの涙で
不安におののいている　その姿は
私の幼い日々と重なる
ウクライナの空に消えていった
たくさんの生きものたちの命

瑠璃色の星　地球よ
永遠に人々に安らぎと
幸福を与えておくれ

私は老いて命絶え
再び生まれることはないが
くじけそうになっても強く　熱く
せいいっぱい　生きてゆきたい
命のかぎり

松原さおり

こどもの領分

カラコロカラコロカラコロ
風に散るような下駄の音
ヨッシャ！
わたしは布団を抜け出して腕まくり
母さんを手伝わなければ

十二月二十九日は餅つきの日
農家の小父さんと小母さんがついてくれた餅を
みんなで丸める
わたしも大人の間に陣取って
待ってましたと手を伸ばす

熱い　延びる　ベタつく　固まる
どうしようもない
けれど頑張らなければ。
これを上手にやり遂げないと
楽しいお正月は来ないのだ
　あれ　まあ　おじょうちゃん
　小っさいお手てで
　かいらし餅ぎょうさん作りなはって
小母さんは面白そうにカラカラ笑った
わたしは口をへの字に結んで家へ走り帰る

母さんが炊き上った小豆の餡を鉢に盛る
　お婆ちゃんがつきたての餅を
　餡でくるんでくれたんや
父さんは目を閉じてボソボソ話す
お婆ちゃんと一緒の五十年前の年の暮を

きな粉や海苔や醤油も並べ
真中に晴れがましいかいらし餅
家族の年末のざわめきをそっと撫でて
一つのこらず無くなった
父さんの話はまだまだ続く

安森ソノ子

御所ことばも聞こえ

北半球の一地点で

京都御所の蛤御門は　耐え続けた
突然攻め込まれた瞬間から
門の重量　倍となり
戦の弾丸を受けながら　頑丈な構えの底力

時は天治元年七月十九日
烏丸通りに面して建つ木造の　悲痛な声
西側から　はるかな東へ
ひた走る　守りの大声

「御所様　皆様方
外へおいであそばされては危険です！
お侍衆(さぶらいしゅう)は　きょくんな事で大変です
おいとしい事にならないよう　守ります
おおぎょは　おきよどころで準備中です
お装束やおじようを　そのままにしておいて
きょうがる方々の中　おするするとあそばして下
さいっ」

朝廷に強訴にきた長州藩と　守護職の会津・薩摩
の藩兵との衝突
御所内に被害はなかったが
打ち込まれた弾丸の跡　残ったまま

天治元年当時　わが家族は
京都御所の近くに住んでいた
今は霊となっている長女が語る
「ふたふたとするきょくんな思いをする日があり
ましたが　こちは　おまのおしまつきの前で

おすずりとおふでをよく使い　文を書きました
かたづく日が近づきました時には　おひしひしな
宴の準備が進み　きゃもじなおめしものも多く
揃いました　うぐいす　おうえはかし　むもの
おもじ　おひわた　おなかひよなど　おひろし
きにいっぱいになり　およしよしな日々……
おやわらかなるものなど　何百年も大切に保存し
たくなってまいりました
かちんやあかのおばん　ばらのすもじなどおすき
さんを　当然皆様と共にいただきました」
婚礼の儀式も　こちの思い通り済ませました

注
御所様（天皇・上皇・法皇をはじめ、宮内跡にもいう）
おいであそばす（外出・訪問にいう尊敬語）
あそばされる（「する」の最高敬語に使う）
きょくんな事（驚くこと）
おいとしい（気の毒な）
おおぎょ（大清。陛下の食物、品物など）
おきよどころ（御清所。御料の調理所）

お装束（袍・束帯用の上衣）
おじょう（寝具）
きょうがる（驚く）
おするすると（ご無事に）
ふたふた（落ち着かない様）
こち（こちら）
おま（部屋）
おしまつき（机）
おすずり（硯）
おふで（筆）
かたづく（嫁入りをする）
おひしひしな（盛大な）
きゃもじな（きれいな・素敵な）
うぐいす（袷の小袖）
おうえはかし（上着）
むもの（模様なしの着物）
おもじ（帯）
おひわた（ひわだ色の着物）
おなかひよ（長襦袢）
おひろしき（広座敷）
およしよし（良いこと）
おやわらかなるもの（絹物）
かちん（餅）
あかのおばん（小豆ごはん）
ばらのすもじ（ばら寿司）
おすきさん（好物）

吉田享子

医院の待合室・それぞれ

――あんた　あつくるしいから
マフラーを取り！
――わし　さぶいねん
――きょうはな　あつい日ぃやねん
テレビがいうとったで！

おじさん　カクンとうなだれる

目をつむる人
首をまわす人
きこえなかったふりをする人

黄いろい金魚

――ヒマやなあ
もう三十分も見てはるでぇ
――エエーッ！
お、おまえ　しゃべれるんか
――いっつもあんさんのグチきかされて
黄いろうなってしもたわ
――すまん　すまん　うちの嫁はんきついやろ
居場所あらへんねん
――毎回とどめ刺さはるもんなあ

――あいつが男やったら
せいこうしてるんちゃうか

――あら　おおきに
認めてはるやんか

――あああ～
うゞう～

――七色の泡を吹いてあげるさかい
空といっしょに吸うてみなはれ
パアッと目えがひらきまっせ

吉田定一

魂（いのち）

この母なる地球に　早（はよ）う還ってきなはれ
ひとひらの雪の姿をして　ええな！

ああ　天上からひらひらと　地上へと
花びらのように　魂（いのち）が舞い降りてくる

手のひらにひとひらの雪　乗るや
みずから密葬を済ませたかのように

おまえは地球の　母なる水から生まれて
そして水に還る　一滴の涙にして

なんと美しいたましいの旅路だ――

また　ひとひらの雪となって　還っておいで
ええな！　自身に言い聞かせるように

そおっと手のひらの
儚（はかな）いひとひらの哀しみを握る

きっとだよ　この母なる地球（ほし）に
還って　きなはるんやで！

大地に育み育てられた哀しみよ
われらのいのちよ

皺（しわ）

知らないうちに現れよって
知らないうちに
ひとの顔を変えてしまいはる

一言の断りもなしに　まったく！
目もと　口もと　額に現れてきはる
しわ　しわ　しわ

誰やねん　お前さんは⁉
鏡の中の　額の皺に　願（がん）かける
おい皺よ　どうか消えてくれまへんか

顔としわが　かくれんぼ？　しとおります
もう出ていいかい　まあだだよ……

もういいかい　いいかげんにしておくなはれ
——のんきに遊んでいる場合か！
そろそろ自分の顔に責任を持ちなはれ
と　言わんばかりに老いが
しわを連れて　額に忍び込んできはる

だけど　おい！　老い
老い　おい！
老いても　ほら！　しわひとつあらへん

わたしって　若くない？
おんなは　幾つになっても　化けるの
化けますの——

Ⅶ 中国

消えていく豊かな違い

洲浜昌三

地方固有の話し言葉は、中央を震源地とする津波に消されていき、現在も進行中である。文化の進歩。確かに全国民が同じ言葉を使えば効率的で便利がいい。しかし、消された側にも固有の文化がある。価値がないから消された訳ではない。

「国語元年」という井上ひさし作の劇がある。明治政府から「全国統一話し言葉」の作成を命じられた文部省の役人南郷浄之輔が苦労し、失敗する話である。劇中に様々な地域や職業の人が出てくる。薩摩、会津、長州、遠野、津軽、尾張、大阪の河内、東京の山の手、吉原、下町……。飛び交う意味不明の多様な話し言葉。実に豊かである。これでは助詞一つ統一するのも困難である。

書き言葉は文字の表記だから学習していれば時代や地域を超えて共通に理解できる。しかし話し言葉は地域によって独自に発展した音だから慣れるまで聞き取れない。母音も「あいうえお」だけではない。微妙に変化し表記できない音の方がはるかに多い。

ぼくは石見地方の生まれである。高校生だった昭和35年頃、出雲地方の宍道町(しんじ)へ行った。駅前の店で、旅館のある場所を尋ねた。おばさんが喋る出雲弁がまったく分からなかった。中国地方五県で、出雲地方だけは話し言葉が異なる。ある出雲の詩人は、出雲弁だは詩に書けない、と言った。表記が困難なのである。

石見弁を生かして脚本を書いたことがある。読み合わせをした時、山間部の生徒は、「そういう言い方はしない」と言い、西の海岸部出身の生徒は、「違う」と言い、東の湾岸部に住む生徒は別の言い方をする、と言った。同じ地域でも歴史、文化は違う。

効率、合理化、利益、スピード——誰も抗えない現代文明の津波に「違い」は消されていく。「豊かな違い」が懐かしい。生活語の背後に潜むそんな思いに耳を傾けたい。

この地球に住んで

一瀉千里（いっしゃちさと）

雨の多い季節には
植物が　よくのびる
どんどん　のびる
この時ぞ　とばかり
狙って　成長してゆく
（ものごとにはタイミングがある
　機は　熟した）

雨上がりの池には
アメンボウが　三つ泳いでいる
（こんなに小さな池なのに
　ここで一生を過ごすのかな）

とんぼが　門の鴨居で
脱皮している
風に吹かれて
生まれたての羽を
光に　キラキラさせながら
何時間も　そこにいる
（どんな人生を生きるんだろうな
　がんばれよ　と言いたくなる）

生きのびて
とにかく生きのびて
ロシアに攻撃されて
せっぱつまっているウクライナの人達へ

傲慢な権力者は
自分の欲ばかりに　とらわれて
罪もない女・子供にも
被害を及ぼす

若いロシア兵は　つぶやく
——本当は　ひとなんて
　殺したくないんだ

黒い鞄を握りしめた権力者
いつも　傍らに鞄を持って

魔法でも使えるものなら
一度　立場を逆転させてみればいい
そうすれば
弱い民間人の気持ちが　よくわかるだろう

そんなことは　できそうもないので
じっと見ていて
ただ　祈るしかない
私も　かよわき一般市民の部類だから

節分

江口　節

「鬼の豆ください」
半開きの入り口から　男の子の顔がのぞいた
――まだ　続いていたんだ

半世紀前も
節分の午後　子どもが集まって近所を回った
戸口で　歌うように
「おーにのまーめ　つーかあしゃあ」
奥から　いそいそと家の人が
炒り豆やお菓子をひとつかみずつ袋に入れてくれる
回り終えると　年長の子の家で炬燵を囲む
トランプやすごろく　みんなで遊んだ

親の遺した故郷の会社に　二十年通い

小さな支払いができる内にと　たたんだ
前夜　叔母と二人で
給料　仕入先別に　金額を読み上げながら
たくさんの封筒に分け入れた
従業員の再就職先もいくつか探し
その日　最後の支払いをしていたのだった
でも　鬼の豆は用意していなかったな
税金　借入金　大きな支払いも無理だった
週明けには　債権者会議
続く　裁判所通い
ほぼ一年かけて整理がすむと
次男の一周忌

曇天
春、立ち
雪、舞い
波、白く立ち。

左子真由美

うちらぁ数じゃないけん

うちらぁ数じゃないけん
ひとりひとりの人間じゃあけん
兵隊七千人死亡と
数で言うちゃいけん
みんなひとりひとりの人間じゃけん
みんな父も母もおって
兄弟がおって友だちもおって
奥さんがおって子どもがおって
恋人がおって
みんな名前をもった
ひとりひとりの人間じゃあけん
通うた学校があって
住み慣れた町があって
みんな大切な家族がおる

ひとりひとりの人間じゃけん
爆弾で死んだのは
七百名と言うちゃいけん
ウクライナで死んだのは
小麦を育てるゼルマ
町の市場で働くユーリィ
美術学校の生徒トライアン
向こう見ずで勇敢なグリゴーレ
そして母親似の優しいデビッド
泣き虫の子どもだったコルネリウ
いつも太陽のように明るいソリン
森の守り手ミハイ
女の子の人気者アレクサンドル
敬虔な神父アンドレイ
平和を何より愛するミルチア
が死んだんじゃ
ウクライナでも日本でも

パレスチナでもシリアでも
スーダンでもマリでも
ミャンマーでもアフガニスタンでも
死んだんはみんな
名前のある地球の子どもたち
まだ若い少年兵ペドロ
男たちに混じって戦った娘マリア
歩いていて撃たれた老人アブラハム
赤ちゃんを守って死んだエバ
国を思う勇敢な兵隊イスマエル
防空壕のなかで飢えて死んだ老婆サラ
断じて数じゃあないけん
ひとりひとりのたったひとつの
かけがえのない命なんじゃけん
人類の長い歴史の
記憶の幹にしっかりと刻んでほしい
流れ去る時間のなかに
埋もれさせちゃあいけん
世界のどこにも
あなたの代わりはおらんのじゃけん
戦いで誰も笑顔にゃあならん
戦いで誰も幸せにゃあならん

ちょっぴり五月に罪の影を落として

洲浜昌三

重たい玄関の引き戸をひき
爽やかな五月の外へ踏み出そうとした時
全身が硬直した

玄関のコンクリートポーチの上で
奴は　鎌首をもたげ攻撃態勢で身構えていた

奴は　無断で不意に侵入してくるので
全身に恐怖が走り　姿そのものが脅威になる
若い時の俺は　奴の存在自体が許せなかった

俺が子供の頃の真夜中のことだ
いつものように七十近い婆さんと
綿（わた）の少ない布団にくるまって寝ていた

ドサッ　と鈍い音がして奴は土間に落下し
三和土（たたき）で蜷局（とぐろ）を巻き悠々と居座っていた
卵を略奪された番（つがい）のつばくろは狂って飛び回る

奴は焚き木小屋から土壁を這って天井へ侵入し
物音も立てず　すすけた梁（はり）を静かに這って
家族九人が寝ている顔の上を通ったらしい
つばくろは代々忘れず我が家へ来てくれたのだ
稲の種をまく頃　我が家では必ず巣を編んで
みんな今か今かと南からの空の旅人を待った

つばくろの来ない家は来客がない家だとか
不幸がくる家だと言われていた

あの真夜中の無断侵入略奪事件以来
奴を家の囲りで見ると仕留めることにした
釘のついた竹槍を常備し先制攻撃を繰り返した

俺がふるさとを留守にしている間に
つばくろの姿はめっきり減っていた
村中を飛び交った螢や赤とんぼもいなくなった
子供たちは竹の巣の編み方など知らないし
優しかった人達もコンクリの家のサッシを締め
たまにつばくろが飛んで来ると箒で追い出す

今　久しぶりに奴と正面から対峙し
少年の頃の怒りや脅威を思い出しながらも
一戦を交える憎しみや戦闘心は消えていた

俺も見えないものが見える大人になって
怒りや戦闘意欲は奴を通り越してしまった

小石を傍に転がして攻撃心はないことを示すと
素直に従って鎌首を下ろし
くねくねと体を曲げて草むらの中へ滑っていく

青と茶色の縞模様が綺麗だな
可愛くて一緒に寝る人もいたよな
奴には奴の何億年の摂理があるんだ
と　思ったりしながら

ちょっぴり罪の影を片隅に落として
五月の玄関を出る

田尻文子

地球タンポポ

四月のある日
五歳になるＫちゃんを預かった
コロナ禍で保育園が休みになったためだ

花冠が作りたいというので
シロツメクサを探しに出かけて行った
外は汗ばむ陽気で
道端には
放射状に開いた綿毛をあつめて
小さなシャンデリアみたいな
地球タンポポがならんでいた
　いかないで
Ｋちゃんの声といっしょに
綿毛はいっせいにとんでいってしまった
どこかでまた花になることを
にわかには信じられないでいる

地球もまた
放射状の球ならば
一人ひとりの思いや意志もまた
しかるべき場所で
花開かせる　その時がきっとくるはずだ
散らされてこそ
生まれるものがある

私は　今
どのあたりだろう

きれいにはできなかったが

花冠を頭に載せて
Kちゃんは満足したようだ

前方倒立回転

永井ますみ

こう腕をギュッと縮めたまま
ヘソを見るようにして蹴上がるだがん
と言った時には　やっちゃんは鉄棒の上にいる
気持ええで
私が腕をギュッとしても
ヘソを見るように体を曲げても
逆上がりをして体が鉄棒の上に行くことはない

女の子十一人男の子五人の分校の
同級生の中で走ったらいつもドベ
腕をもっと速く振るだがん
速く走るコツを伝授されても
足はひとつも速くならない
運動会なんて来んかったらええ

いつも呪っていた
でも開拓地の運動会は
部落中の人を集め盛大に行われるのだ
子供たちの遊戯や
私には屈辱の徒競走
大人たちのパン食い競争
梨の皮むき競争
お弁当のバラ寿司と
山から取って来た柴栗の茹でたの

授業で前方倒立回転を習った
逆立ちをするように手を突いて土を足で蹴る
手を突いたまま反り返って足を着くとブリッジ
勢いをつけてそのまま立ち上がる
先生が背中に手を当ててくれるとすっと回れた
センセ回れた

私は畑やメヒシバの繁った山道で練習した
走って来て手を突く
顔をグイと上にむけて肩を突っ張る
ブリッジ
起き上がり

お父ちゃん出来るで出来るで
見とって
畑の上ではだしになって
前方倒立回転
背中に軽く当たる何かの気配
土は温かくて優しかった
土の鼓動が聞こえた

Ⅷ 四国

なーんもない

牧野　美佳

徳島の人間は、口癖のようになーんもないと言う。なんじゃないという言い方もする。例えば「折角来てくれたのに、ここらはなんじゃないところやけん、まあ、こんなもんでもおあがんなして」と言いながら茶菓を出したりする。謙遜というのでもない。藍の専売で豊かであった阿波が、化学染料の台頭で一気に凋落したり、廃藩置県のあと淡路島が兵庫に編入したりと徳島人であるという根底の部分がぐらぐらにゆらいで自信喪失したというのが根っこにあるのではないかと思量している。だが、この言葉には、よその土地から来た人に、満足してもらえるものを供したいというご接待の気持ちが秘められてもいる。

地球というテーマで考えると徳島には土柱があり、多くの貝塚があり、恐竜の化石が発見されている堆積層もある。多分それでも徳島県人は「ほんなもんなーんもないな」と言うのであろう。

一人の人間の思い込みと狂気が、なにをなすのか。今も、その狂気に巻き込まれ傷つき、怯え、飢えている人たちがいる。たった一人の狂気。けれど、その狂気は地球全体を滅ぼしてしまうエネルギーを持っている。もとは、強欲であり、支配欲から発している。そのためなら、自分以外の命など屁とも思わない人間。そんな人間に命運を握られた地球が一番の犠牲者だ。「あれも、これも全部自分のものだ」と寒い言葉に囚われた愚者に「なーんもない」あっけらかんとした暖かさの意味を知ってもらいたいものだと心から願っている。

伊丹悦子

傀儡（くぐつ）まわし

むかしむかし
まだ子供だった頃のこと

年の瀬にはやって来た　傀儡（くぐつ）まわしの一行が
シャンシャンシャンと鈴振り鳴らし

小雪　舞う　舞う　灰いろの空
日ぐれの門口で　恵比須顔の人形が
白い翼張る　鶴になり　白鷺になって
謡（よう）に合わせて舞い踊る

あーら　めでたやな　五穀豊穣
めでたやな　家内息災　めでたやな
かざす扇に　金銀縞の冠　長袴
——白面の笑顔が　横に斜めに宙を飛ぶ

心ばかりの門づけを　布袋（ふくろ）に収め去って行く
旅籠一つない村里の　今夜は何処にお泊りか
子連れであった　「そら」の方から来たと言う

天地の幸運祈って　金の扇が煌めいて
あれからどこへ消えたのか
「そら」が何処かはわからぬが
触れてはならない　人の心の内のうち
きっとそこはこの世の外れ
記憶辿れば　何故に　凍りつく景色

それなのに　ああなぜかしら懐かし
あーら　罪も穢（けが）も払います
白面の傀儡たちは満面の笑顔で
いとも軽々　宙返り　あの世とこの世を
舞いまするうー

*昭和20年代、こんな小さな技芸団が、年末年始に巡って来た。

ばら　ばら　紅ばら

――ゲーテの「野バラ」へのオマージュ

ばら　ばら　紅ばら
朝のばら

野ばらはいいぬーー手折らば刺さん
ばらよばら　野辺のばら

わらべはいいぬーーそなたの首にとりついた
テッポウムシを
除いてやろうとしただけなのに
刺した棘のあまりの痛み
その鋭さ　意地悪さ
ばらよばら　野辺のばら

指に滲む血押さえながら　泣きながら
　また　わらべはいいぬ
ーー棘は無慈悲なれど
われなお何故か　ばらを愛ずる

ばら　ばら　紅ばら
酷(むご)くも美し　朝のばら

＊テッポウムシは、カミキリムシの幼虫。

支えがあって

大西はな

エンドウの花つけたら実ばぁつけよるき
そうやきにこのひやい風にたおれんように
支えの枝がいるがやき
お陽さん　燦々しよるきに
風にたおれんよう支えがいるがやき
竹の枝はしなうがやき
支えの枝ゆうて人の世にもにちょうがよ
知らんと人に支えらようがやき
支えらちゅうがよ
気づかんように　支えられちゅうが
人はそう　生きちゅうが
気づかんがやき　それもええがやき
エンドウの茎支える竹の枝がしなうがやき
花はだまってこのおひさんのいいあんばいを

もらうがやき
そうしたら　実がなるがやき
花はエンドウになるがやき
おまんもエンドウの実　すいちょうがやき
実はなるがまつがやき
おとうちゃんもすいちょるがやき
エンドウの花　かわいいがやき

小松弘愛

つぼ

『高知県方言辞典』で
「つぼ」を引く

　つぼ〔坪〕〔古〕庭。〔「桐壺」「藤壺」
　など『源氏物語』の壺と関連がある〕

かつて
わたしの住んでいた家には
「つぼ」があったけれど
そこには桐の木はなかった
藤の木もなかった
ただし
梨の木があった

『古語辞典』で
「梨壺」を引く

　「昭陽舎」の異称。中庭〔壺〕に梨の木が
　植えてあるのでいう。

わたしの家の「つぼ」
梨の木のあった「つぼ」
そこに打ち込んであった棒杭（ぼうぐい）に
山羊の後ろ足をくくりつけて乳を搾った
少年の頃のわたしの仕事の一つだった

わたしは
『源氏物語』をはじめ
その昔の物語を読んでいるとき
なにかの拍子に

「つぼ」から
山羊の鳴き声が聞こえてくることがある

(『第四集・土佐の言葉　その語彙をめぐって』16)

竹原洋二

先立たれる

お母さんどして死んだん？
折に触れその言葉が胸ついて出る
言うてどないかなることでもないのに
あきらめなならんのに
どうしようもない気になってつい出てしまう
連れ合いをのうにした人は
同じような気持ちになるようやなあ

心許して気安うに話せる人
その人こそ愛しとるんぞ
どしてなえ？
その人がおらんようになったら
ほかに親しいにでける人がおらんけんじゃ
愛しとったんはその人だけだったんじゃ

もうその人に代われる人はおらん
あーあ　愛しとる人が
永遠におらんようになってしもた
これぐらいせこいことがあるか
生活こそ幸福なんじゃ
ちょっとしたことこそ幸福なんじゃ
それをわしは気づかなんだ

お母さんとあと一日生活できるんなら
わしの全生涯と引き換えてもええ
お母さんとの生涯が夢のようじゃ
死ぬのはいっしょがええと言よったのに
うまいがいいかんなあ
わしは変わってしもて
抜殻のようになってしもたわ
これからどうやって生きていくぞ
わしだけであじけない食事をするんは

あと何年やろか
わしは怒り狂っとるんぞ
かわいそうに
医者はステロイドの量を調整できず
目がなおるまで大量に飲ませた結果なのだ
長い間の強まる痛みとだるさのうちに
せこいっちゅう言葉を最後に逝ってしもーた

もうたわむれにお母さんと話でけん
誰のんでもないお母さんの声を永久に聞けん
よう怒られたんさえ今ではいじらしい
何しても楽しいっちゅうことが感じれん
わしはそんなとんでもない苦しみを
受けるために生まれてきたんとちゃう

わしは母親の不在を地獄と思うて
泣き叫ぶ幼児のようじゃ
わしにはお母さんのように
何でも話せる人はほんまにおらん
きれーな音楽は
昔のように楽しませてくれん
自然の中に入ってゆくだけでは癒されん
たったひとつだけあるんは
執着を無くすことなんじゃろなあ
お母さんどして死んだん？

牧野美佳

恐竜の里

ココハ　ドコダ

ほな　みなさん注意事項守って
ルールに従って無理せんように
発掘を始めてください

シメッタミドリガニオウ

ほなけんどなにやな
なにやなってなにがよ
ほんまに恐竜っておったんやな

タタカイニヤブレ　ムレヲオワレ

てんごばぁ　ほの骨がでたいうけん
こないしてきたんでないでだ
けったいなもんやな
恐竜と一緒の土地の上におるんかとおもたら

キズダラケデッカレハテテマドロンダ

ほなけんどよ　こざぁに大けな恐竜が
どなにしてくらしょったんだろか
ここいらは海岸だったらしいけん
サカナや貝でも食べよったんと違うで
ほななもんで腹の足しになったんだろか

ウエタママヒナタデマドロミ
メザメルコトガデキナカッタ

はーい　今日はそろそろ終了しましょう

日が翳ると足許が悪くなりますので

ワタシハ　シンダ
トオクフルサトヲハナレ
ミシラヌトチノツチトナッタ
ココガ　ドコカ
ワタシガ　ナニカ
ワカラナクテモ
タシカニ　アノトキ
ワタシハ　イキタ
ワタシノイノチヲ
サイゴノイッテキマデシボリツクシタ
イノチヲウケ
タノイノチヲウバイ　ムサボリ
イバショヲモトメ　ウシナイ
タタカイ　キズツキ　ツカレハテテ
アタエラレタイノチノママ

スベテツカイハタシテ
アノヒ　ネムッタ
クイモ　ナゲキモナイ
ワタシハ　ワタシノイノチヲ
イキキッタダケナノダカラ

こないだは大発見で沸き返ったけんど
今日はなーんもなかったな
ほないさいさい発見があたらおぶけるわ
なにごともしわしわいかなな
ほなまた明日

吉中陽子

平和を祈る

地球が消えていく
世界中が恐ろしくふるえがとまらない
人間の力で抗することができない現状
宇宙から放たれる光の中で育つ植物
かけがえのない大切なすべての命
理不尽な人間のみにくい姿に心が凍える
どうか世界が平穏無事に過ごせますよう
ただただ祈ることしかできない

日々いろんなこと不安を感じながら
人っこ一人通らない日もあるこんな村で
老いたじいじとばあばは生かされちょる
何かしようとすれば息があらくハアハアとなる
それでも畑に出て行く

日を浴びた野菜　柚子　果樹の木が
じいじを待っておる
多種の野菜づくりにあくせくと這いよる
柚子の木果樹の木の伸びた枝を風通しよく
日が当たるようにバランスを見ながら
ハサミを使って切り落とす
経験で培った技術の剪定の動きはすごい
秋になると畑一面に大きな実がやまぶき色に輝く
じいじのパワーに感謝

太陽の光を浴びたじいじの作った野菜で料理する
果樹の実で好きなジャムを作る
じいじのニコニコ顔がとってもいい

腰　足　腕が痛いいいながら趣味の花を植える
雑草をぬき成長し香り色鮮やかに咲く花
心を落ち着かせてくれる

寿命が延び自分らしくパワフルに生きられる
五月になると海へいこう
じいじは親父がいいよったゆうて暦を開く
潮の満ち引きの差を見て
月の引力によって太陽の引力がプラスされて
潮の満ち引きの差がもっとも大きくなるとゆう
大潮のころ地球の回転の中心　月　太陽が
一直線になると潮位に干満の差が大きくなり
産卵前の太った貝が採れるとゆうた

家から車で二十分行くと徳島県那佐の海で
アサリが採れる

生見の浜には十分大きなハマグリがおる
砂の中をマタ鍬でひっぱり歩くとガリッと
音がする大きな貝

野根のとび石　はね石　ゴロゴロ石に十分だ
黒いくちばし黒バイアワビナガレコが採れる
塩水できれいに洗い料理に入る
アサリは酒むし味噌汁にする
ハマグリはバター焼きしょうゆ焼きがうまい
くちばしは塩茹する身だけにして保存できる
黒バイは塩茹がたまらんくるくる廻し身をとる
アワビは刺身が一番
ナガレコはミリン酒砂糖しょう油で炊く
塩茹もあっさりしてうまい冷凍保存ができる
一年一回「ひんがなひんどし」遊ぶのもやめよう
怪我でもしたら大変じゃき
見えない大きな力に生かされて
ささやかな日を過ごさせてもろうたありがとう

Ⅸ 九州

生活語と火災と地球

働 淳

母は北九州市、父は熊本県の宇土半島の不知火町出身。そしてわたしはその中間地点の大牟田市で育った。同じ〈九州弁〉と言っても方言は各地で随分と違う。北九州市で親戚に会うと、語尾に「バイ」なんて濁った言葉を使うのは汚い、と言われた。家の中でも両親の言葉の違いは個性と思っていたが、方言の違いだったのだと大人になって気づいた。高校を出て東京に行くと、いろんな方言が行き交っていた。仕事中は共通語でも、飲みに行けば出身地の言葉が出る。そこから故郷の話で盛り上がったりもする。そんな東京で十四年過ごして九州に戻ると、自分の日常の生活語がどこにあるのか分からなくなってきた。

今年、四月と八月に北九州市の旦過市場で火災が発生した。わたしが生まれた家のすぐそばだった。小倉駅前の繁華街に繋がる百年を超えた市場。木造トタン屋根の店の密集した路地はレトロな庶民の暮らしが行き交う。その約九〇店舗が無くなった。瓦礫を前に悲嘆にくれる人々のインタビューをテレビで聞いた。母と同じイントネーションは懐かしく、深く悲しみが伝わってきた。様々な原風景とともに言葉がある。生活語詩も生まれる。

日々の生活がいま大きく変わりつつある。コロナの影響もあり、行きつけのお店はつぶれ、耐震建替えや再開発によって歴史的な建造物が次々に壊されていく。物価は上がり、集中豪雨によって町が消え、鉄道も廃線が検討されている。それは九州だけのことではないだろう。世界に目を向ければさらに大きな変化や厳しい社会情勢が見えてくる。温暖化による気候変動というけれど、この頻発する地震や噴火を考えると地球自体が大きく変化しているように思える。今回の詩集のテーマは〈地球〉。全体は見えなくても、身近な生活をじっくり見つめていれば、その地球の動きが見えてくる。

麻田春太

地球博多仁輪加狂言

あのくさ
地球温暖化になって
島がなくなるてバイ
しょんなかと
地球は大切にせんけんタイ
タイはタイで大洪水げな
目出た目出たの若松様で
鯛ば食うたばい
でも　哀しかっちゃん
プーチンさんは
戦争するケン
　お前屁こいたろ
　臭かー
もっと地球を大切にせんと

オレたち住まれんとぞ
生きてうちが花たい
ピースを食べたナー
　どうしたらよかとや
　お互い寛大にならんと
カンダイ　マンダイ
拝んでカンシャせなタイ

カッターシャツに縛られて

どうしてカッターシャツを着て寝るとー
　と妻が言う
わたしは縛られているんたい
　なんに！
なんかなし
縛られているんたい
　なんで？
わからん
　パジャマもユカタもあるとにー
せからしか＊
しばかれるぞ！
縛られているけん　しゃなかろうもん
なんかなし縛られとったい
　わからんひと？

わたしもわからん
なんかなしカッターシャツ着て寝ると
それでよかろうもん
　好きなようにせんね
おー好きなようにするたい
こんな世の中やけん
ひとりぐらい変人がおったってよかろうもん
　もう良か　良か
　早よう寝んしゃい
よう　わたしをバカにしよって
わたしが働かんと　どうしようもなかろうもん
　そうたい
　ぐだぐだ言わんと早よう寝んしゃい
おー寝るたい
ずーと一生
　せからしかー

＊博多弁（うるさい）

伊藤阿二子

鉄橋

川は
いつも空の色を映す
白い茅花の穂が
風に靡く

夕暮れ
ひとが　人影に変わるころ
茅花の群れの中に立ち
河川敷から見上げる鉄橋を
轟音を響かせて列車が行き来する
　赤の二両
白に赤いドアの三両
白く七両編成の特急
黄色の二両

列車に向かって　投げかけてみる
だれにも明かさず
身内に膨らんでゆき
抑えきれなくなっていた思いを

赤い車窓で手を振って
忽ち遠ざかっていく　大切なもの

笑顔を作って見送り
今朝から何度も思わず繰り返した
懐かしいうたを
灰色のマスクの内側でまた口ずさんでいる

鉄橋の両端で
ふいに　いっせいに街路灯が灯る

レモン

今日開いた白い七弁花に
細身の黒揚羽が
翅を震わせてとまっている
さっきその花びらに指を触れたとき
それだけではらりと散ったレモン
一心に蜜を吸いまた　別の花に
音を消した小さな空間に
渾身のいのちを漲らせ
翌日も
また次の日も

汗ばむ朝に　地面に翅を広げて横たわっている
　揚羽蝶
手に取ると
黒い細い脚を動かして
かすかに生の気配を残したまま
もう小さな黒蟻が何匹か取り付いている
蟻の命をふぅと吹きやって
咲き終わったつつじの葉に乗せる
レモンの花をひとつ　蝶の口の傍に置く
ある春の日の
小さな葬送

内田るみ

滴るように

水が滴るように
清らかな流れを生む
うるわしい言葉は
濁流に流されていった

そして、
干上がった大地には
人があふれて
息をするようになった

それぞれの人々が発する
溺れそうな
苦しそうな
けわしい言葉が*

あふれるようになり
水が滴るような言葉は
いつしか姿を見せなくなった
滴るような緑が
失われてからだろうか

水が生まれるのを阻むように
今日も
乾いた大地が広がっていく
どこかで生まれた風が
一筋の涙を運んでくる
まるで
枯れた大地に

清らかな流れが生まれ
水が滴るように

*けわしい＝福岡県筑豊地区の方言で、急いでるという
意味の言葉

アンネ・フランクならば

アンネ・フランクならば
あなたに会えてよかったわ、
と言うだろう

アンネなら
本を読むことができてよかったわ、
と言うだろう

アンネなら
素晴らしい日だったわ、
と言うだろう

アンネ・フランクならば
生きていてよかったわ、
と言うだろう

アンネ・フランクならば
言うだろう

今日という日を
生きていてよかったわ、と

おだじろう

「減反」停止後は？

田圃じゃ去年の暮れに撒いた麦の穂が出て
なまぬるーか四月の風にゆらゆら
午後の散歩で田圃の中を縫う農道を
米寿のオレは左右両手に二本の杖を握り
よたよた歩いちょる
広々とした田圃の畦道で草刈エンジン傍らに
腰を降ろしてタバコをくゆらしながら
一休みする還暦過ぎの男にふと声を掛ける

《休耕田が多いね　半分は草だらけじゃ》
ああ、半分近くは休耕田じゃが
ビール麦はよう作ッちょる
近くのビール工場が買ってくれるんじゃ

《稲作も減ってるが、米は売れんのかね》
売れんね　食生活が変わってしもうて
それに今コロナで食堂やら料亭なんかが
買ってくれんで往生してるが
あんたんとこで少し買ってくれんかね

《パンやらうどんの材料はどうする？》
そりゃ海外から買うのさ　安いからね

《だから減反するんじゃな》
いや　数年前から減反政策を止めたが
農家は米の生産量を減らしても
国は補助金を出さない

《田圃に若者が見えんが農家の今後は？》
さーね　どうなるんかね
農業じゃ金にならんし若いもんが減って

跡継ぎが育たんのじゃ

日本の2020年の食料の自給率*は
カロリーベースで37%
生産量ベースで67%

ウクライナ戦争の不安定な世界情勢の中
海外からの食糧輸入がいつ止まるか解らん
そんなことにでもなりゃ国民は干乾しじゃ

七十七年前の幼いおれたちゃ
粟、稗、薩摩芋、干し大根葉
大豆飯、かぼちゃ、米粒が泳ぐ粥なんかで
腹がダブダブじゃった
あのころを今思い出すとゾーッとする

＊「毎日新聞」二〇二二年四月二二日オピニオン欄から

坂田トヨ子

長生きして

何もするこつがなか
話す人も居らん
食べて　お茶飲うで　寝て
何しょっじゃい分からん
人間じゃなかごたる
一日が長してどうしょんなかばって
どしこげん一年の経つのは早かじゃろか
もうすぐ正月てろち

「この前　九七歳の誕生日をお祝いしたやろ
スンちゃんもマキエさんにも来てもろて
ヨシミちゃんがケーキも持ってきてくれて
ばあちゃんの好きなモンブラン
美味しい美味しいち言うていっぱい食べたね」

娘に言われてみるとそうやったかぁち思うばって
何でんかんでん忘れてしまう
自分の歳も分からんごつなってしまう
じいちゃんなと居ってなら良かばって
一人になってしもうて　徒然なかばかり
三人も娘が居(お)るとに一緒に居られんち
家はあっとにそこにゃ居られんち情けなか
家に帰ろごしてのさん

おどんたちより二十も三十も若(わっ)か人たちが
逝(は)ってしまう
長生きするとは徒然なかばかり
長生きし過ぎたち言うと娘が怒るばって
ほんなこて　長生きすっとも大事

しょんなか

手を握ることも身体を支えてやることも
共に食事をすることも
部屋に入ることさえ拒まれて一年
残り少ない日々を生きる父母の
理解を超えるコロナ予防対策は
命の水を少しずつ消していく

自宅に帰る予定だった盆も正月も
無情に過ぎて行った
3分前のことも忘れるようになった
母からの電話は鳴りっぱなし
何度話しても胸に届かず
話す先から散らばって消えていく
やっと少し落ち着いたかと思った矢先

父の入院で　また
今度は父の容体と入院先を繰り返すが
「しょんなかね」と電話を切っても
またすぐに電話が鳴る

私にも妹二人にも掛け続けて毎日数十回
「一人じゃ徒然のしてのさん　家に帰ろごたる」
家に帰れば娘の誰かがいて
近所の人たちも遊びに来てくれる
過去の楽しかった日々の思い出が
現在の寂しさを際立たせる

諦めることを強いる私に母の暗い顔が見える
「しょんなか　しょんなか」
母の口癖がいつか私のものになっている

さとうゆきの

漂木（ヒルギ）

はなびらとともに
砂に落ちた俺は不安だった
垂直に砂に刺されば
そのまま苗木となり
やすやすと伸びて
マングローブの密林を
さらに深くしただろう
けれども俺は
ぶざまに横たわり
無防備に焼けた
母のしろいはなびらは
陽に乾き飴色にひかり
ちりちりと丸まって
風に飛んだが
鳥の嘴に余る俺は
啄ばまれその腹に収まり
遠い島に運ばれる僥倖は無い
息が苦しい
喉が焼ける
母よ
この責苦を味わわせるために
俺をここに落としたのか

はなびらは応える
　やがて潮
潮がやって来ます
母はおまえの
そのうすい衣の内側に
すでに幾筋もの根を
用意しています
潮が来れば漂っていくだけ

たやすいことでしょう
森の果てるところで
砂をさぐり
根を下ろしなさい
そこがおまえの生きる位置

夜になって潮は来た
音を立てて
塩辛い水が来た
俺は懸命に泳いだ
マングローブの河を泳いだ
みどりいろの河を泳いだ
仲間と泳いだ
仲間はすでに
みどりの葉をひらき
白い根をたなびかせて
あたかもいっぱしの
樹木のように泳いでいた
みにくく焼け焦げた俺も
うつくしい仲間と
おなじかたちで
海をめざしている

信じていいのだろうか
いつか
俺が
鳥を育み
鰐を匿（かくま）い
樹と呼ばれ
森と呼ばれて
地球の入り口に在ることを

呪文

田島三男

ぎったんばっこん
どけいったきしゅかい
あぼにいったきしぇろきしぇろ

言葉の意味がわからなくて
母にも祖母にも聞いたが
わからなかった

父は足のシーソーでゆらし
足裏でもちあげて唱えていた
私は宇宙を遊泳していた

この小さな星で
人も社会も
ぎったんばっこんしている
浮遊するときの信頼を見失い
傷つけ合いながら
ぎったんばっこんしている

ぎったんばっこん
どけいったきしゅかい
あぼにいったきしぇろきしぇろ

言葉の意味はわからなくても
相手がいなければ存在できないことを
気づかせる呪文

きらきら星

テンコー、テンコーという
独特の発音でリズムをとり
父は左右に、私をちいさく揺らした

ハウアイ・ワンダ・ワッチユア
アッパバブザ・ワルド・ソハイ
のところでは高い高いをしてくれた
それから私を「あぼ」と呼んだ
記憶はそこまでの繰り返し

なぜ「あぼ」と呼んだのだろう
たまに「あぼん」とも呼んだので
たぶん「あほぼん」のことだろう

親は歌ったり、高い高いをしたり
目の前の日々に執着したり
遠くのことを見失ったりする

世界中の大人がそうするが
それは子のせいでもある
もっと成長すればよかったのだ

言葉は足りなかったり、無視されたり
国が違うと通じなかったり
暗闇のなかで初めて輝いたりする

天光、天光、億万年前の光
この地は皆のものであるというのに
裂けそうな、あほぼんだらけの星

阿蘇高原牧場の四季

永田浩子

風が通り過ぎる度に銀色の波が伝わっていき
高原いっぱいのすすきが　いっせいに波打つ
　この景色をあたたに見せたかったとよ
やまなみハイウェイを運転しながら
小学時代の友は言う
何処までも続く銀の道
　きれいかねえ　ほんなこつきれいかあ

枯れ葉に　風が吹き抜ける冬が過ぎ
三月　野焼きの季節
周りを防火帯で囲み　慎重に火を放つ
　気ばぬくな　やけどすっど！
燃え盛る火は風を呼びボーボーと音を立て
表面を舐めるように拡がり
草原を真っ黒に焼いていく
　危険で大変かばってん　自分たちの草原ば守って
　子供たちに残さにゃんけんな

春　焼けた大地に若草が芽吹き　赤牛が放牧され
草原を渡る風を受けながら子牛が跳ね回る
子牛に寄り添う母牛　親子で横になっているものも
阿蘇中岳の噴煙が東の方へたなびいていく
牛は牧草を求めて一日　三、四キロメートルも歩き
巨体に踏み固められた道は牛道をつくり
幾筋もの横縞模様となり草原を飾る
牧場に牛の健康を確かめにきた女の人
　父の姿を見ていて牛飼いになったとです
　牛はかけがえのないパートナー
　この草原を守っていく仲間ですたい
愛おしそうに頭や背中を撫でている

早朝　露を含んだ大量の草を刈る人がいる
冬に　細かく刻み穀物と混ぜて与ゆっと
薬草の効果もあり丈夫に育っとです
暖かな冬の夜　裸電球の下で子牛が生まれた
頭と前脚を引っ張って　やっと生まれたとです
むぞらしかあ　春には草原でぴょんこぴょんこ
　跳ね
若草をいっぱい食うて大きゅうなるこっでっしょ
昔から先祖がやってきたごつ　親父になろうて
我が子のように可愛がって子牛を育つっとです
牛ふんは火山灰のやせた土に漉き込まれ稲を育てる
稲藁は冬の飼糧となり循環していく

光の航路

働 淳

空を赤く染めて
対岸の山に陽が降りていく
海面の光の帯が真っ直ぐと港に伸び
わずかな時間だけ
「光の航路」が浮かび上がる

港の展望台や岸壁につめかける
カメラやスマホを構えた人びと
「ほ～ら　もうちょっとやねぇ」
「あん雲が　邪魔やな」
「はぁ～　綺麗かぁ～」

一月と十一月の十日間だけ観られる
最近人気となった観光スポット

遠浅の海岸に防波堤を作って浚渫（しゅんせつ）し
石炭積み出しの大型船が入る
そのハチドリの形をした港も
完成から来年で百十五年
炭鉱も閉山して四半世紀になる

囚人労働や強制連行
戦争による空襲や
労働争議に炭塵爆発
深い悲しみの記憶が
港のまわりから湧きあがってくる

閘門（こうもん）式の水門はいまでも使われ
毎年　台風が近づく時には
高潮や強風を避けるため
有明海のフェリーや貨物船が

港に密集している

その水門の中がトリの尾羽で
船の出入りする
防波堤に挟まれた細長い航路が
ハチドリの長いくちばし
その先に向かって夕陽が沈む

港が出来た頃にも人びとは
この光の航路を見ていただろうか
岸壁から真っ直ぐ西に延びる光に
グッと視界が惹き込まれていく
ハチドリの飛び立つ先には
悲しみの記憶も
ゆっくりと沈んでいく

地球の日

南　邦和

きょう（4月22日）は〈地球の日〉らしい
〈母の日〉ならカーネーション
〈父の日〉ならネクタイか靴下
〈バレンタインデー〉には　チョコレート
〈サン・ジョルディの日〉には　一冊の本
その相手も　プレゼントも特定できるが
〈地球の日〉誰に　何を贈るべき日なのか

〈地球〉に　主格はあるのか
〈地球〉に　所有格はあるのか
〈地球〉は　個人か法人か無主物か
考えれば考えるほど　困った記念日だが
この地球上に生息した大先輩
恐竜たちに聴くすべもない

〈地球の日〉を制定した者の魂胆は…

地球のどこかで　日常茶飯事にあいつぐ戦火
自然破壊　境界争い　理由のない殺戮の連鎖
放射能汚染は　誰のせいか
光化学スモッグは　誰のせいか
オロカナ人間たちの所業であることは明白だ
その人間たちが　勝手に設けた
罪滅ぼしの　〈地球の日〉

明日が　「地球最後の日」だって
〈エイプリルフール〉でかついでも
もう誰も驚かない
（その日が　いつ来てもおかしくない）
亀裂だらけのアバタ面の地球は
きょうもどこかで　憤怒の身ぶるいをする
この天変地異は　人間たちへの警告

聞きなし

雨を孕んだ六月の森の中で
鳥たちの声に耳をすましていると
地上から湧いてくるさまざまな音に
いまさらのように気づかされるのだ
〈静寂〉とは
無音の意味などでは決してなく
地球の鼓動を聴くことなのだと……

ぼくのフィールド・ノオトには
〝聞きなし〟の例語が並んでいる
「お菊二十四」はイカル
「テッペンカケタカ」はホトトギス
「チョットコイ」はコジュケイ
「ヒョクリ　ヒョクリ」はヒバリ
「ヨスッペ　カスッペ」はアオバズク

この日　森で出会ったや野鳥は十三種
ヒヨドリ　カワラヒワ　シジュウカラ
メジロ　コゲラ　ハシブトカラス
だが　鳥たちの言葉は
いっこうにぼくの耳に伝わってこない
双眼鏡を街の方向へめぐらすと
突然　瓦礫の街が視野に飛びこんでくる

硝煙のなかを逃げまどう老若男女
あれは　少年の日に見た光景だ
マリウポリで　セベロドネツクで　ヘルソンで
地底から湧いてくる
「コロセ　コロセ」のおしつぶした声や
「ヤメテ　ヤメテ」の弱々しい声
六月の森の中に毒ガスのようにふくらむ幻聴。

Ⅸ　九州――南　邦和

同好会活動記録

宮城ま咲

こらまた　いよいよ
こっちゃんまっぽし
台風の来よっばい。
夕方んうちにお風呂に水ためた
ペットボトルも凍らせた
ベランダの洗濯機も
飛んだり倒れたりせんごて
水ば張っといた
室外機のどがんかなったらおとろしかけん
エアコンは切ろかな
ぬっかばってん仕方んなか…
パソコンで仲間の書き込み見ながら
NHKの台風情報流しよればば
雨んじゃかすか降ってきた。

中心位置の緯度経度を
地図帳と照らし合わせて追っかける
(五島の方さん行きよるごたんね)
(今は福江んにきにあるとかな)
突風のひどなってきてから
窓んそばでネットしよっだんじゃなか!
部屋の奥の丸イスまで逃げる
三〇分おきの臨時ニュースで
人間の話し声にホッとしたり
瞬間最大風速で野母崎が記録更新て言われて
そうやろうびっくいしたもんて納得したり。
ちょろちょろっと停電すっごてなったし
まっくらすみにならんごて
電池式のランタンどん点けとこだい
気圧ん低っかとこに疲れも出てきて
大変なまっただ中とに眠くてたまらん
かべに背中つけてウトウト…

気づいたら座り方のひんよごじょっ
丸イスから落っちゃけんうち
暴風域抜くっじゃろか?
ベッドにパソコンとプリンタ退避させとっけん
どかさにゃ寝られんつたい

（「詩と思想」二〇二一年十月掲載）

宮本美和

海のにおい

浜の魚屋さんは
木・金・土の朝から昼まで
黄緑色のプレハブで
漁師さんが売り子さん

がたいがいいのは漁協の組合長さん
魚をさばくのが上手いのはのっぽのメガネさん
イカしかさばけない優しい漁師さんは
潮の満ち引き、漁のこと
何でも教えてくれる
ふっくら気味の奥さんたちはレジ係り

　コロダイ
　キャッポ
あさり
絣（かすり）イカ
足長ダコ
「足長ダコて言うばってん、ほんなこつは
手よ、手のこぎゃん長かっだけん、
気味の悪か～」
「煮つけでん、刺身でんよか
15分ばっか炊くとよかろなー
柔らかかけん、いっぺん食べてみなっせ」

銀色のトレイの上
氷と一緒に
魚たちは艶やかにぬめって
あふれそうな泪で目を潤ませ
イカもタコもチロチロと模様を変えている

外では

男も女も道具を手に
次々と集まって
沖へ沖へと歩いている
この炎天下、漁をするのだと
再び潮が満ちてくるまで

真っ黒に日焼けした海苔漁師さんが
ぽつんと話してくれた
「魚も貝も、いっちょおらん
　地引網は、自分の代で辞めてしもうたったい
　おるで5代目だったとばってんな…」
コンクリートの堤防越しに見える有明海は
ただの、美しい風景になっていく
命のやり取りが消えていく

私はタコのぬめりをとって
魚をさばく
洗った両手をかぐと
海のにおいがした

山田由紀乃

春の午後

お茶の葉を下さい
小さなお店の自動ドアを開ける

「テレビばっかり見よるとよ
ウクライナは可哀想か
ロシアが戦争をぶっかけたとやろ
プーチンちゃ　どげん人ね
この前まではパラリンピック
今度はウクライナでテレビから目を離されん」
店主はテレビの方を向いている

座り込んでいた常連さんが割り込んできた
「ひどいねぇ　普通の市民を攻撃するなんて
　残虐非道よ
　満州から引き揚げの時もソ連軍が
　北から降りてきて　皆ひどい目にあった
　私は小さい子どもだったけど
　よくぞ日本に帰ってきた」

無差別攻撃ですよね
テレビの画面は街の形もない廃墟を映している
ウクライナは日本の裏側ほどに遠い国だけど
ウクライナはロシアに苦しめられ
日本はロシアに悩まされ
こんなに近いのか

「嬉野茶五本ね
　よし、二十パーセント引きにしとこう」
店主の老婦人は商売に戻った
興に乗ったらポンと胸をたたく
ありがとう

ちょっと嬉しい二十パーセント引き
買い物袋を下げて家路に向かう
太陽は春の午後に傾いて
赤ちゃんはベビーカーの日陰に眠る
近くて遠いあの国で
あっけなく崩れ去る日常よ
瓦礫の下で息絶える日常よ

若窪美恵

祈ろうや

なんが悲しいでから死ぬっちゅう
恐怖に晒されよるのに
束の間うちらは笑いあうんやろか
それちゃ　人生は泣き笑いちゃ
サーカスのじんたみたいやん　ねえ

今日さあ満月やろう?
満月　見上げよったら
向こうの向こうまで続いとる空の惨劇
なんでか、じわじわ感じてきたんよ
月のない現実はさぞかし暗かろうね……ち

家が爆撃にやられて失くなった男と
その傍らに赤ちゃん抱いた若い女

映像がね
切り取った不幸をクローズアップするんよ
ほおら　よおと見ときい
ち　いうように

ああ、たといシミのような記憶やったとしても
ぎゅっと刻みつけとこうや
心動かされたっち　ことなんやけ
それっち波動と思うんよね
小さいでも今こっから波動が立てば
どっかでそれは共鳴し合うっちゃ
そんでそれはいつかわからんけど
大きな波頭を上げてどんどん
陸に押し寄せるはずなんちゃ

夢の中だけやないで
笑いたい時にいつだって笑い合えるごと

明日もまた無事でおれるように　ち
祈ろうや
ねえ　一緒、祈ろうやっちゃ

他人事（ひとごと）　自分事

「実はさあ私、コロナになったんよ
ほんでから美恵さん濃厚接触者なんよ
個展に来てくれたやろ？
アクリル板があったけ
食事やコーヒー飲んだんはセーフなんち
引っ掛かったんは写真撮影
マスク外して隣どうしで移ったやん？
なんなんそれっち思うけど
保健所の人がそう言うんやけ
10日間　熱計って、出たら病院行って」

Kちゃんからの電話
遠くのほうで狼煙（のろし）が上がっとったんが
ヒシヒシと近づいてきたちゅう感じ
他人事からの自分事
自分事になって初めて気付く
テレビ画面の中の
遠くの国の戦争も他人事
自分事にならんな
敵の襲来を知らせる狼煙にさえ気付かん
自分事になったときには
もう手遅れやろうけど

Ⅹ 沖縄

ムイ・フユキ

ハイサイ御衆(ぐすー)よ、今日拝(ちゅーうが)な侍(び)ら
日本の米軍基地を七〇％も押し付けられた
日本国土の〇・六％しかない此(く)ぬ沖縄(うちなー)
東京の十分の一の人口、日本(やまと)の縮図の此(く)ぬ島で
コロナ感染率が長く一位だった意味や何(ぬー)
此(く)ぬ島や日本列島(ヤポネシア)の勘(かん)どころで壺(ちぶ)どころ
辺野古は日本古語の文字通り局所で急所
サリ阿尊(あーとうと)ぅ吽尊(うーとうと)ぅ
卑弥呼は鬼道を能く使う沖縄の卑巫女かもね

いくさは天から降りてきた

波平幸有

(1)

泊　高橋(とぅまいたかはし)ぬ高台(たかでぃ)んかい
多門墓(たじょうばか)んでぃ呼(ゆ)ばっとぉる
墓ぬ在(あ)いびぃたさ

墓ぬ庭(なぁ)んかいや
思(うむ)やぁ木　りんがんぬ木
高々影(かじ)這わぁちぃ
御墓守(うまむ)とぉいびたん
うぬ墓んかい向(ん)かてぃ
幾筋ん隧道(いりぐち)ぬあてぃ
御門(うじょう)から墓ぬ中(うち)んかい
なぁいん奥んかい身這わちぃ
御墓ぬ御先祖とぅむどぅむ
いくさ忍(しぬ)でぃちゃあびたさぁ

泊高橋の丘の上に
多門墓と呼ばれた
お墓がありました

お墓の門前には
相思樹　りんがんの木
高々影這わせ
お墓を守っていたのですよ
その墓に向かって
いくつもの小さなトンネ
ルがあり
御門から墓の中へ
さらに奥へと身を這わせ
お墓の中のご先祖ともども
いくさをしのいできたの
です

多門墓から見下(う)るす那覇港(みなとぅ)や
煙幕ぬ下(しちゃ)にあてぃ
いくさや目(みぃ)ぬ下(しちゃ)から始まてぃ
やがてぃ天(てぃ)んから降(う)りてぃちゃ
あびたさぁ

(2)

春やいびぃん
島や今(なま)　春やいびぃん
梅檀(しんだん)ぬ木(きぃ)　天高々(てぃんたかだか)
ありや黄金雲(くうがにぐぅむ)
くりや獅子(しぃし)雲
色彩々(いるとぅいどぅい)ぬ命存(いぬちあ)さやぁ
ああ　うぬ命投(な)ぎ捨(し)てぃる戦(いくさ)
あいびぃたさ

多門墓から見おろす那覇
港は
煙幕の下にあり
いくさは目の下から始まり
ついに天からおりてきた
のでした

春です
島は今　春です
梅檀の木　天高々
あれは黄金(こがね)雲
これは獅子雲
色とりどりの命よ
ああ　その命をも投げ捨
てた戦争

今ちきてぃ戦が行ちゅんでぃ
春ぬ節や
御願事　拝み事積い積てぃ
命どぅ宝んでぃ香や煙とぉさ
やぁ

この島に今日も戦争が行
くのです
春の節は
願いごと　拝みごと積も
りつもり
命ぞ宝と香は煙っている
のです

(3)

太陽ぐゎんぐゎん節や夏
此方ぬ森
彼方ぬ畑
煙　立ちゅる如
音　立てぃる如
熱　充ち充ちてぃ
今日や旧暦八月十三日
先　祖御迎え
月日ぬ走いや馬ぬ走いぬ例い
島言　葉使い道ん後が先なてぃ

陽の光みちあふれ　時は夏
ここの森
向うの畑
煙たつごと
音たてるごと
暑さ充ち満ちて
今日は旧暦八月十三日
先祖御迎え
去りゆく月日はまるで早
馬のよう
島言葉の使い道　後なり
先なり

思事　御願えままないびらん
とぉさり親先祖様
くぬ六男男ぬ不義理　不孝ぬ数々
まくとぅ手重ち御詫びうんぬき
やびれぇ
どぉりん許ちうたびみそうり
うぅとぉとぅ　うぅとぉとぅ

思いの丈をお話しするこ
ともままなりません
どうかお聞き届けください
この私の不義理　不孝の
数々
まこと手を合わせお詫び
申し上げますゆえ
どうかお許しください

(4)

巡い巡てぃ時や秋
思い散り散り泣ちゅる際やさやぁ
ああ秋
多門墓ぬ上ん秋
多門墓や戦世ぬ命助かたる
御墓ぬ名やいびぃん

巡り巡りきて時は秋
思い散り散り泣く際
ああ秋
多門墓の上も秋
多門墓とは　あの戦争か
ら命救われた
お墓の名前なのですよ

ムイ・フユキ

懐かしきT病院ベランダ

僕はT病院を定年して訪問看護をしている
ある昼、そうじ中の訪問車にヒナ鳥が止まり
ウインドウを動かして何とか逃がすと
五年ほど前のT病院ベランダが思い出された

「ねえ、あのポータブルトイレ取ってくれない?」と助手のオバさん。「うりっ、巣ぬ有(あ)くとぅ、親鳥んかい攻撃さりんど、恐(うとぅ)るさよ、面突(ちらち)かりっさ」

「はは、親鳥も必死だわけさ。寸前で引き返すから大丈夫よ」と僕。

「ん言(り)ち、目突(みーち)かりーねー如何(ちゃー)すが?」

「威嚇だけさ、ドンマイ」僕はPトイレを中に入れる。「ヘルメットでもすれば?」

「何故(ぬーんち)よ、嫌(や)な鳥小(とぅいぐゎー)んかい抑(うし)えらって(バカにされて)ワジワジすっさー」

「許してやってよ。親なんてヒナのことしか考えてないからさ」

「いいーん、ゼッタイ許さん。何回ギャーナイ轟(し)かんだか(ビックリしたか)!」

「はは、シカマチ・カンパチ・栄町*」

「ウチらは、シカマチ・カンパチ・中の町*」

「オバさんコザだね。まあ『巣が近い、親鳥狂暴につき注意』って貼り紙でもするか」

巣から睨みをきかせている親鳥。

懐かしき今は無き伝説の精神科T病院
見晴らしのいい高台のベランダから
月も夕陽も遠くケラマ諸島も見えた
そこは東シナ海を眺望するポジションだった

*リズムの良い掛け言葉。

ブロック塀に親鳥がいた

頭の白いタイワンシロガシラ。
クロッキリ・クロッキリと鳴いている。

〜あんたら、台湾から来てるんかい
…そうよ、さっきは坊や助けてくれて謝々
〜車の窓の内側にいたから窓を下したけど、今度は窓の上に乗ってしまって、何度か窓を上げ下げした。なんで沖縄にくるの?
…知らないわよ、親の親もそうしてるからよ。あんたらニンゲンも昔は百姓は百姓、ブシはブシだったでしょ
〜今は自由といえば自由、しかし半々ぐらいで親と同じ仕事してる気もするよ。昔も今も百姓は百姓の苦労と喜び、ブシはブシの苦労と喜びがあったんだよね
…ねえ、坊や見てるんだから邪魔しないでくれる? ピー・ピー・ピー
遠くでヒナが返事しながら移動する。
…じゃあね、あたしゃ忙しいのよ。鳥と喋ってるあんたと違って。クロッキリ・クロッキリ
親鳥はヒナが見える所へ飛んでいく。
〜ヒマといえばヒマか、定年後のノンビリ仕事だけど、事務所にすぐ入りたくなくて、こうして鳥と遊んだりして
ジリジリと若夏の日射しが強くなっている。

その日、四月二〇日は穀雨
沖縄では穀雨の前を「潤り染ん*」
穀雨の後を「若夏」と呼び
楽しく墓参りする「清明」の時節は
コロナ禍に過ぎ去ろうとしていた

*旧暦二月〜三月頃。「潤い初め」の意もある。

ちゅら　ちゅら　沖縄

森田好子

めんそうれー南国沖縄
スカイブルー　燃える太陽
マリンブルー　浜の木かげ
緑したたり　花の島
みな染まるよ　島色に
かなさる美(ちゅ)らさー
なんくるないさ
※ちゅーら　ちゅら　ちゅら　笑おう
ちゅーら　ちゅら　ちゅら　泣こう
ちゅーら　ちゅら　ちゅら　肝心
かりゆし　かりゆし　ちゅーら　ちゅら
かりゆし　かりゆし　ちゅーら　ちゅら

めんそうれー南国沖縄
笑い福らさ　ゆいまーる
世は捨てても　身は捨てるな
言葉や姿　違っても
人の真心　皆同じ
いちゃりばちょうでー
なんくるないさ
※ちゅーら　ちゅら　ちゅら　笑おう
ちゅーら　ちゅら　ちゅら　泣こう
ちゅーら　ちゅら　ちゅら　肝心
かりゆし　かりゆし　ちゅーら　ちゅら
かりゆし　かりゆし　ちゅーら　ちゅら

めんそうれー南国沖縄
千客万来　はい迎えら
いい日記念　ちゅら沖縄
みなおかげさま　ありがとう

ちむどんどん　島めぐり
ゆくいみそうれー
なんくるないさ
※ちゅーら　ちゅら　ちゅら　笑おう
ちゅーら　ちゅら　ちゅら　泣こう
ちゅーら　ちゅら　ちゅら　肝心
かりゆし　かりゆし　ちゅーら　ちゅら
かりゆし　かりゆし　ちゅーら　ちゅら
かりゆし　かりゆし　ちゅーら　ちゅらーーー

・はい迎えら（喜びお迎えしよう）
・ちむどんどん（心からドキドキする）
・ゆくいみそうれー（ゆっくりおやすみください）

・なんくるないさ（なんとかなるさ）
・かなさる美ら（愛しさ可愛さが美しさ）
・肝心（真心）
・かりゆし（縁起がいい）
・ゆいまーる（助け合い）
・いちゃりばちょうでー（出会ったらみなきょうだい）

作者紹介

お名前（よみかた）①現住所 ②生年 ③作品に使用された生活語 ④主な著書 ⑤主な所属団体や所属誌など

青木美保子（あおき　みほこ）①岐阜県岐阜市 ②一九四六 ③岐阜弁 ④詩集『不安の裏側』『母の繭』 ⑤日本現代詩人会 ほか・「花」

秋野かよ子（あきの　かよこ）①和歌山県和歌山市 ③紀州弁 ④詩集『夜が響く』ほか ⑤関西詩人協会・日本詩人クラブ

秋野光子（あきの　みつこ）①大阪府箕面市 ②一九三八 ③大阪弁 ④詩集『電話』『万華鏡』 ⑤関西詩人協会・「PO」

麻田春太（あさだ　はるた）①福岡県糟屋郡 ②一九四三 ③博多弁（日常使用している福岡の言葉）④詩集『アポリアの歌』『白の時代』『竈の詩』『抽斗にピストル』『虚仮一心』 ほか ⑤日本現代詩人会・「九州文学」ほか

東　延江（あずま　のぶえ）①北海道旭川市 ②一九三八 ③北海道語 ④詩集『渦の花』『北の涯の』『冬のから』『花散りてまぼろし』ほか ⑤日本キリスト教詩人会・「嶺」「りんごの木」

あたるしましょうご中島省吾（あたるしましましょうごなかしましょうご）①大阪府泉南市 ②一九八一 ③世界共通語〜かわいい〜 ④『本当にあった児童施設恋愛』改訂増補版（〜第2刷）⑤関西詩人協会

有馬　敲（ありま　たかし）①京都府京都市 ②一九三一 ③日常語 ④詩集『晩年』『寿命』・評論集『現代生活語詩考』 ⑤日本現代詩人会・関西詩人協会

伊丹悦子（いたみ　えつこ）①徳島県徳島市 ②一九四六 ③方言「そら」④詩集『オドラデク』『カフカの瞳』『午後二時の旅人』 ほか ⑤日本詩人クラブ

一瀬なほみ（いちせ　なおみ）①山梨県韮崎市 ②一九五三 ③俗語 ④詩集『階段が消える』『入り口と出口のあいだで』 ⑤日本詩人クラブ・「バジル」

市原礼子（いちはら　れいこ）①大阪府豊中市 ②一

九五〇　③愛媛県の中予地方のことば　作品中の会話の部分　④詩集『愛の谷』『フラクタル』『すべては一匹の猫からはじまった』　⑤「RIVIÈRE」「群系」

一瀉千里（いっしゃ　ちさと）①広島県福山市　②一九五一　③俗語　④詩集『Father's flower（父の花）』『ペガサスになれないものは』　⑤「黄薔薇」「孔雀船」「ふくやま文学」

伊藤阿二子（いとう　あじこ）①大分県大分市　②一九四一　③日常語　④詩集『蔓をひく』『ゆめの往還』⑤日本詩人クラブ・大分県詩人協会・「座」「心象」

井上良子（いのうえ　よしこ）①大阪府枚方市　②一九六二　③京ことば　④詩画集『太陽の指環』　⑤日本詩人クラブ・日本童謡協会・関西詩人協会

後　恵子（うしろ　けいこ）①兵庫県神戸市　②一九四五　③日常語　④詩集『カトマンズのバス』『地球のかたすみで』『文字の憂愁』　⑤「RIVIÈRE」「プライム」

臼井澄江（うすい　すみえ）①静岡県藤枝市　②一九三八　③日常語　④詩集『たがやす女の詩（うた）』『茶山の婦』⑤日本農民文学会・静岡県詩人会

内田るみ（うちだ　るみ）①大阪府大阪市　②一九八一　③「けわしい」福岡県筑豊地区の方言で急いでいるという意味　④詩集『赤い靴』　⑤福岡県詩人会・日本詩人クラブ

江口　節（えぐち　せつ）①兵庫県神戸市　②一九五〇　③備後弁　④詩集『オルガン』『果樹園まで』『篝火の森へ』ほか　⑤日本詩人クラブ・日本現代詩人会・「多島海」「鶺鴒」

遠藤カズエ（えんどう　かずえ）①京都府城陽市　②一九五一　③京都弁の女ことば＝うっとこ　⑤「文華」

大久保しおり（おおくぼ　しおり）①千葉県千葉市②一九六三　③ガラ・アツモリ・オニムシ（カブトムシの地方名）

大倉　元（おおくら　げん）①奈良県大和郡山市　②一九三九　③関西弁　④詩集『石を蹴る』『祖谷』『噺

む男』⑤近江詩人会・関西詩人協会・日本詩人クラブ・日本現代詩人会・「ふーが」「葦笛」

大西はな（おおにし　はな）①大阪府大阪市　③土佐弁　④詩集『看護補助の詩』『誰かが呼ぶ』⑤「詩人会議」「詩のもり」

岡村直子（おかむら　なおこ）①静岡県静岡市　②一九四二　③静岡弁　④詩集『をんな』『帰宅願望』『ポケットの中の潮騒』・著書『独眼流一石　杉村孝というふ男』『いしぶみの記　9条は死なない』⑤「穂」

岡本光明（おかもと　みつはる）①大阪府高槻市　②一九五六　③大阪弁　④詩集『方法序説』『四季と時間』『呼吸』『お伽草子』⑤「新怪魚」

尾崎まこと（おざき　まこと）①大阪府羽曳野市　②一九五〇　③大阪弁　④写真集『記憶の都市「大阪・SENSATION」』・詩集『カメラ・オブスキュラ』『断崖、あるいは岬、そして地層』⑤関西詩人協会・「イリヤ」「PO」

おだじろう　①福岡県宗像市　②一九三四　③筑後弁　④詩集『おだじろう全詩集』『落日の思念』『束ねられない』『この一年』ほか　⑤福岡県詩人会・「詩と思想」「はてなの会」「筑紫野」

小田切敬子（おだぎり　けいこ）①東京都町田市　②一九三九　③関東地方の普通語　④詩集『わたしと世界』『流木』『花莫蓙』『おかあさん』『ねこのかくれが』⑤「詩人会議」「ポエム・マチネ」

金田久璋（かねだ　ひさあき）①福井県三方郡　②一九四三　③俗語　④詩集『言問いとことほぎ』『賜物』『鬼神村流伝』『理非知ラズ』『森の神々と民俗』⑤日本詩人クラブ・日本現代詩人会・「角」

彼末れい子（かれすえ　れいこ）①兵庫県神戸市　②一九四八　③播磨地方〈東播州〉と言い慣わしている地域）④詩集『指さす人』『オウムガイの月』⑤「詩人会議」「多島海」「プラタナス」

川口田螺（かわぐち　たるい）①福井県敦賀市　②一九四四　③「大都会の夜の空より」―大都会・街が

うごめく・嘘と虚飾・欲望と嫉妬・アルコール・バンドのメロディー・孤独 など／「昼下りの電車」―疲労・へたり込む・精神・うつろな目・無意識・感動④児童文学作品を多数電子出版している。⑤福井県詩人懇話会「角」・日本児童文学者協会

上林忠夫（かんばやし ただお）①群馬県高崎市 ②一九五五 ③標準語 ④詩集『風の話』 ⑤福田正夫詩の会・日本詩人クラブ

紀ノ国屋 千（きのくにや せん）①京都府京都市 ②一九四三 ③京、町ことば

木村孝夫（きむら たかお）①福島県いわき市 ②一九四六 ③東北語 ④詩集『福島の涙』『言霊』『十年鍋』ほか ⑤ネット詩誌「MY DEAR」

久保俊彦（くぼ としひこ）①京都府京都市 ②一九六〇 ③生きものの鳴き声 ④詩集『ベンヤミンの黒鞄』 ⑤日本現代詩人会・横浜詩誌交流会「詩のぱれっと杜」・関西詩人協会・宮城県詩人協会

熊井三郎（くまい さぶろう）①奈良県北葛城郡上牧町 ②一九四〇 ③大阪弁 ④詩集『誰か いますか』『ベンツ 風にのって』 ⑤日本現代詩人会・「詩人会議」「大阪詩人会議〈軸〉」「詩のもり」

倉田武彦（くらた たけひこ）①東京都杉並区 ②一九三五 ③人類の遺産 ④詩集『おじさん ノォト』『土偶の時間 人の時間』 ⑤「花」

黒羽英二（くろは えいじ）①神奈川県中郡大磯町 ②一九三一 ③日常語 ④詩集『遺跡』ほか10冊・小説集『目的補語』・戯曲集『女化』 ⑤日本文藝家協会・日本現代詩人会・日本詩人クラブ

香野広一（こうの ひろいち）①東京都足立区 ②一九三八 ③標準語・地球を愛する言葉 ④詩集『沢蟹』『優曇華』『残像』 ⑤「ちぎれ雲」

小篠真琴（こしの まこと）①北海道瀬棚郡 ②一九七五 ③防災無線・政策事業調書・東西沖地震 ④詩集『生まれた子猫を飼いならす』『へいたんな丘に立ち』 ⑤北海道詩人協会

兒玉智江（こだま　ちえ）①岩手県北上市　②一九四一　③東北語　④詩集『青い空』『山の神』『空洞のはな』『母のレクイエム』『白い雲』ほか　⑤日本現代詩人会・岩手県詩人クラブ・北上詩の会

牛島富美二（ごとう　ふみじ）①宮城県仙台市　②一九四〇　③東北語など　④詩集『いすかのはし』『榴花歳々』『老楽の……』『ふっとたたずむ』ほか　⑤宮城県芸術協会・宮城県詩人会・「仙台文学」「ＰＯ」

古野　兼（この　けん）①東京都練馬区　②一九四八　③俗語　⑤「詩人会議」

こまつかん　①山梨県南アルプス市　②一九五二　③日常語　④詩集『見上げない人々』『龍』『ことのは』『今は幸せかい？』　⑤「あうん」「汽水域」

小松弘愛（こまつ　ひろよし）①高知県高知市　②一九三四　③土佐方言　④詩集『狂泉物語』『ヘチとコッチ　第三集・土佐の言葉』　⑤日本現代詩人会・日本詩人クラブ

金野清人（こんの　きよと）①岩手県盛岡市　②一九三五　③ケセン語　④詩集『冬の蝶』『青の時』『心の里帰り』　⑤岩手県詩人クラブ・北上詩の会・「辛夷（こぶし）」

斎藤彰吾（さいとう　しょうご）①岩手県北上市　②一九三二　③北上弁のごちゃまぜ　④詩集『榛の木と夜明け』『イーハトーボの太陽』『斎藤彰吾詩選集一〇四篇』〈コールサック詩文庫18〉　⑤岩手県詩人クラブ 委員・「詩人会議」「辛夷（こぶし）」

佐伯圭子（さえき　けいこ）①兵庫県神戸市　②一九四三　③俗語（関西弁）　④詩集『今、私の頭上には』『風祭』『繭玉の中で息をつめて』『空ものがたり』　⑤「*Messier*」「浮橋」

榊　次郎（さかき　じろう）①大阪府大阪市　②一九四七　③大阪弁　④詩集『20年とはたち』『未完・愛のメッセージ』『時と人と風の中で』　⑤関西詩人協会・「詩人会議」「大阪詩人会議〈軸〉」

坂田トヨ子（さかだ　とよこ）①福岡県福岡市　②一

九四八 ③みやま市瀬高町地方の方言 ④詩集『余白』『問わず語り』『源氏物語の女たち』『耳を澄ませば』ほか ⑤「筑紫野」「詩人会議」「炎樹」「いのちの籠」ほか

左子真由美（さこ　まゆみ）①京都府長岡京市 ②一九四八 ③岡山弁 ④詩集『RINKAKU（輪郭）』『愛の動詞』『愛の手帖』・歌曲集『カテドラル』⑤日本現代詩人会・関西詩人協会・「ＰＯ」「イリヤ」

佐々木　漣（ささき　れん）①千葉県市原市 ②一九七九 ③包丁 ④詩集『わたしたちの死者』『モンタージュ』⑤日本詩人クラブ

佐相憲一（さそう　けんいち）①東京都立川市 ②一九六八 ③横浜弁 ④詩集『サスペンス』『もり』『森の波音』『時代の波止場』『愛、ゴマフアザラ詩』ほか ⑤横浜詩人会・日本詩人クラブ・「指名手配」ほか

佐藤一志（さとう　ひとし）①東京都世田谷区 ②一九三七 ③日常語 ④『桜の木抄』『波の向こう』『自然の不思議』⑤「詩人会議」会員・「少年詩の教室」協賛者

佐藤岳俊（さとう　がくしゅん）①岩手県奥州市 ②一九四五 ③岩手の方言 ④詩集『縄文の土偶』『現代川柳の宇宙』・句集『川柳句集　佐藤岳俊』ほか ⑤岩手県詩人クラブ・「川柳人」主宰

佐藤　裕（さとう　ゆう）①神奈川県横須賀市 ②一九五六 ③標準語・虐待で傷ついた子どもたちの心の再生を願っています。④詩集『断章』『１９９９年　秋』『位置の喪失』⑤日本文藝家協会・日本詩人クラブ・横浜詩人会

さとうゆきの ①福岡県遠賀郡 ②一九三九 ③「漂木」「はなびら」④詩集『立ち尽くす午後の』・絵本『砧姫物語』・自分史『草も花も翼も』ほか ⑤「海峡派」

里見静江（さとみ　しずえ）①埼玉県熊谷市 ②一九五二 ③わたしの日常語 ④詩集『足もとの冬』『いくつものドアを往き来して』『雨　のち晴れ』⑤日本現代詩人会・埼玉詩人会・「豆の木」「回游」

志田信男（しだ　のぶお）①神奈川県相模原市　②一九三〇　③東京弁　④しだのぶお詩集『やぱのろぎあⅠ～Ⅵ』・訳詩集『セフェリス詩集』⑤日本詩人クラブ

篠原義男（しのはら　よしお）①千葉県安房郡　②一九三七　③関東　④詩集『宇宙の闇のソの渦の中』⑤日本詩人クラブ・千葉県詩人クラブ

渋谷　聡（しぶたに　さとし）①青森県五所川原市　②一九六一　③津軽弁　④詩集『さとの村にも春来たりなば』『おとうもな』『蓑』

下前幸一（しもまえ　こういち）①大阪府大阪市　②一九五六　③大阪の生活語　④詩集『理由のない午後に』⑤「PO」

白川　淑（しらかわ　よし）①京都府京都市　②一九三四　③京ことば　④詩集『祇園ばやし』『お火焚き』『花のえまい』『京のほそみち』『白川淑詩集』⑤日本文藝家協会・日本現代詩人会・関西詩人協会

鈴木良一（すずき　りょういち）①新潟県新潟市　②一九四七　③「どーしょば」「わって」④詩集『道標』『不思議荘のゆりかご、あるいは写植オペレーターの探字記』『母への履歴』『あやかしの野師』⑤「野の草など」「北方文学」

洲浜昌三（すはま　しょうぞう）①島根県大田市　②一九四〇　③戦後から現代にかけて石見地方にあった生活意識、ツバメに対する家族のような愛情を現代の戦争とも関連させながら書いてみました。④詩集『ひばりよ大地で休め』『春の残像』・『洲浜昌三脚本集』・共著『人物しまね文学館』ほか　⑤日本詩人クラブ・中四国詩人会・「石見詩人」「山陰文藝」

清野裕子（せいの　ひろこ）①東京都西東京市　②一九五二　③標準語・東京弁（両親のルーツは山梨県）④詩集『緩楽章』『to coda』『賑やかな家』『半分の顔で』⑤日本現代詩人会・日本詩人クラブ・「冊」「詩人会議」

関　中子（せき　なかこ）①神奈川県横浜市　②一九四七　③俗語　④詩集『町と人と旅だつ樹』『しじみ蝶のいる日々』『沈水』『誰何』⑤横浜詩人会・「回游」「PO」「オオカミ」

瀬野とし（せの　とし）①大阪府堺市　②一九四三　③「たっちだっこ」幼児語・「よいしょ」掛け声　④詩集『おはなし』『なみだみち』『線』『菜の花畑』ほか　⑤日本現代詩人会・関西詩人協会・「詩人会議」「大阪詩人会議〈軸〉」「炎樹」

田井千尋（たい　ちひろ）①和歌山県橋本市　③メールの略語　④詩集『綾羅錦綉』　⑤関西詩人協会

高橋博子（たかはし　ひろこ）①千葉県富津市　②一九四六　③地球温暖化　④詩集『時の公園』『漂流郵便局』　⑤「地平線」「いのちの籠」「山脈」

高丸もと子（たかまる　もとこ）①大阪府枚方市　②一九四六　③大阪弁　④詩集『今日からはじまる』『あした』『地球のコーラス』『回帰』ほか　⑤「ＰＯ」

武西良和（たけにし　よしかず）①和歌山県岩出市　②一九四七　③車内放送言語　④詩集『鍬に錆』『遠い山の呼び声』『てつがくの犬』『きのかわ』『根来寺』　⑤日本詩人クラブ・日本現代詩人会 ほか

竹原洋二（たけはら　ようじ）①徳島県板野郡　②一九四五　③阿波弁　④詩集『愛犬さくら』　⑤徳島現代詩協会・「詩脈」

田島三男（たしま　みつお）①鹿児島県鹿児島市　②一九六一　③幼児期の家庭内の言葉　④『絵流巴蘇』　⑤日本詩人クラブ・「野路」（休会中）

田島廣子（たじま　ひろこ）①大阪府大阪市　②一九四六　③日常語（鳥たちとの心の会話）　④詩集『真っ赤に燃ゆるカンナの花』『時間と私』『くらしと命』『愛・生きるということ』　⑤関西詩人協会・現代京都詩話会・「大阪詩人会議〈軸〉」「ＰＯ」

田尻文子（たじり　ふみこ）①岡山県小田郡矢掛町　②一九四八　③地球タンポポ　④詩集『「あ」から始まって』『羽を拾う』　⑤「ネビューラ」

龍野篤朗（たつの　あつお）①福井県福井市②一九四八　③日常語　⑤福井県詩人懇話会・「果実」

谷口典子（たにぐち　のりこ）①東京都杉並区　②一九四三　③日常語　④詩集『あなたの声』『悼心の供え花』『刀利』『山崎少年の刀利谷』　⑤「青い花」「いのちの籠」

玉川侑香（たまがわ　ゆか）①兵庫県神戸市　②一九四七　③関西語　④詩集『戦争を食らう』『れんが小路の足音』ほか　⑤「詩人会議」「文芸日女道」

千葉晃弘（ちば　あきひろ）①福井県鯖江市　②一九四二　③日常語　④詩集『降誕』・エッセイ集『土間の一灯』　⑤日本現代詩人会・福井県詩人懇話会

鎮西貴信（ちんぜい　たかのぶ）①神奈川県三浦市　②一九四五　③引越し、抽斗　④詩集『いろいろ愁』『さまざま想』『それぞれ願』　⑤横浜詩人会・日本詩人クラブ・日本現代詩人会

築山多門（つきやま　たもん）①神奈川県横浜市　②一九四五　③横浜弁　④詩集『はぐれ蛍』『夢を紡ぐ者』『時空を翔ける遍歴』　⑤「ちぎれ雲」「いのちの籠」

堤　行夫（つつみ　ゆきお）①東京都武蔵野市　②一九四七　③日常語　④詩集『ゆらめき』

照井良平（てるい　りょうへい）①岩手県花巻市　②一九四六　③気仙語　④詩集『ガレキのことばで語れ』　⑤岩手県詩人クラブ・日本現代詩人会・「詩人会議」

戸上寛子（とがみ　ひろこ）①神奈川県足柄下郡　②一九三五　③甲州弁　④詩集『白いノスタルジア』ほか7冊・エッセイ『箱根そぞろあるき』ほか　⑤日本詩人クラブ

徳沢愛子（とくざわ　あいこ）①石川県金沢市　②一九三九　③金沢方言　④詩集『金沢方言詩集Ⅰ, Ⅱ, Ⅲ』・金沢方言遊び歌『花いちもんめ』ほか　⑤日本現代詩人会・日本ペンクラブ・「笛の会」

斗沢テルオ（とざわ　てるお）①青森県十和田市　②一九五四　③南部弁（青森県、県南地方）　⑤「ＰＯ」「詩人会議」

内藤　進（ないとう　すすむ）①山梨県甲斐市　②一九三三　③標準語　④『自分史　振り返る70年』・詩集『季の聲』『千枝子と赤いトマト』『闘病記』　⑤山梨県詩人会・山梨読売写真クラブ ほか

永井ますみ（ながい　ますみ）①兵庫県神戸市　②一九四八　③山陰のことば　④『万葉創詩―いや重け吉事』『永井ますみの万葉かたり』『永井ますみ詩集　新・日本現代詩文庫１１０』　⑤関西詩人協会・「RIVIÈRE」「現代詩神戸」

長瀬一夫（ながせ　かずお）①愛知県名古屋市　②一九四八　③日本語（大陸間弾道弾・ロケット砲）　④詩集『フランドルの椅子』『樹々たちのファンタジー』ほか　⑤中日詩人会・日本詩人クラブ・日本現代詩人会

永田浩子（ながた　ひろこ）①千葉県我孫子市　②一九四一　③熊本弁・肥後弁　④詩集『心をみつめて』　⑤「声で伝える鈴木文子の朗読の会」

永田　豊（ながた　ゆたか）①岩手県花巻市　②一九四一　③日常語・（内）は花巻弁　⑤岩手詩人クラブ

南雲和代（なぐも　かずよ）①東京都北区　②一九五四　③こどものことば　④詩集『たぶん書いてはいけない』　⑤日本現代詩人会・日本詩人クラブ・「地平線」

波平幸有（なみひら　こうゆう）①東京都墨田区　②一九三八　③琉球語　④詩集『小の情景』『棒ぬ先から火』『僕とわん』『遠回り』『にんじん』『むる愛さ』　⑤日本現代詩人会・「あすら」

西田彩子（にしだ　あやこ）①大阪府大阪市　②一九三五　③大阪俗語　④詩集『旅立ち』『舞う』『無限旋律』　⑤日本ペンクラブ・日本詩人クラブ・「ＰＯ」

根来眞知子（ねごろ　まちこ）①京都府京都市　②一九四一　③関西弁　④詩集『雨を見ている』『たずね猫』　⑤関西詩人協会・現代京都詩話会

働　淳（はたらき　じゅん）①福岡県大牟田市　②一九五九　③筑後の言葉　④詩集『流星雨につつまれて』『花、若しくは透明な生』　⑤「Ｐ」「詩霊」「パンドラ」

原　圭治（はら　けいじ）①大阪府堺市　②一九三二　③大阪弁　④詩集『地の蛍』『水の世紀』『原圭治詩集』　⑤関西詩人協会・「詩人会議」

福田ケイ（ふくだ　けい）①大阪府茨木市　②一九四〇　③日常語　⑤関西詩人協会・「ミュゲの会」「大阪樟蔭3人会」

星　清彦（ほし　きよひこ）①千葉県八千代市　②一九五六　③関東　④詩集『素敵なご縁で』『あなたに』『幸せに一番近い場所』『卒業』『君の掌』　⑤日本詩人クラブ・千葉県詩人クラブ・「覇気」

星乃真呂夢（ほしの　まろん）①山梨県甲府市　③テラ＝地球をテラという俗語（竹宮惠子作のコミック『地球へ（テラへ）』はもともとは、ラテン語の大地のことをTERRAというところから、コミック発売後、テラは日本では地球を表す俗語となる）④劇詩『エーテルの風』『THE DOOR TO INNER HAPPINESS』　⑤東京英詩朗読会・山梨詩人会

牧野　新（まきの　あらた）①千葉県富津市　②一九八一　③俗語・若者語　④『戦国に咲いた四十一人の姫君―賢い貴女は姫に学ぶ―』　⑤日本詩人クラブ・「シルクロード」

牧野美佳（まきの　みか）①徳島県鳴門市　②一九六二　③阿南、勝浦方面（徳島で言う南の方言）の日常語　⑤徳島現代詩協会・中四国詩人会・「詩脈」

松﨑みき子（まつざき　みきこ）①岩手県陸前高田市　②一九五七　③岩手県気仙語　④詩集『ミモザサラダ』　⑤岩手県詩人クラブ

松原さおり（まつばら　さおり）①奈良県奈良市　②一九四一　③関西弁　⑤関西詩人協会・日本詩人クラブ・「葦笛」

三ヶ島千枝（みかしま　ちえ）①埼玉県八潮市　②一九五〇　③かりん　④詩集『春の闖入者』『夏みかんの木』　⑤「花」

水崎野里子（みずさき　のりこ）①千葉県船橋市　②一九四九　③標準語とよばれる東京弁　④詩集『あな

たと夜』『愛のブランコ』・短歌集『恋歌』 ⑤「PO」「千年樹」「パンドラ」

道元　隆（みちもと　たかし）①富山県南砺市 ②一九五四 ③日常語 ④詩集『散居村の住人からの視点』『Rルート156』『刻ーときー』 ⑤日本ペンクラブ・日本詩人クラブ

南　邦和（みなみ　くにかず）①宮崎県宮崎市 ②一九三三 ③標準語 ④詩集『原郷』『ゲルニカ』『神話』・評論集『故郷と原郷』ほか ⑤日本現代詩人会・「千年樹」

宮城ま咲（みやぎ　まさき）①長崎県長崎市 ②一九七八 ③長崎県の方言（佐世保市や島原半島西部が多め） ④詩集『よるのはんせいかい』『一品たりない居酒屋』ほか ⑤「みなみのかぜ」「扉（佐賀）」「西九州文学」

宮本美和（みやもと　みわ）①熊本県荒尾市 ②一九六九 ③熊本弁・漁師語、有明海語 ⑤熊本県詩人会

ムイ・フユキ（むい　ふゆき）①沖縄県島尻郡 ②一九五八 ③沖縄方言 ④手製小冊子1〜6号（3〜6号は詩集） ⑤「玉木文芸OB会」

村上久江（むらかみ　ひさえ）①千葉県市原市 ②一九五〇 ③関東語 ④詩集『遠くへ』『かくれんぼ』 ⑤日本詩人クラブ・千葉県詩人クラブ・「文芸さんむ」

村田　譲（むらた　じょう）①北海道恵庭市 ②一九五九 ③日常会話文 ④詩集『本日のヘクトパスカル』『渇く夏』『海からの背骨』ほか ⑤小樽詩話会・恵庭市民文芸・北海道詩人協会 ほか

森田好子（もりた　よしこ）①大阪府茨木市 ②一九五二 ③沖縄の言葉 ⑤関西詩人協会・「万寿詩の会」

八重樫克羅（やえがし　かつら）①茨城県石岡市 ②一九三八 ③東北語 ④詩集『蝶の曳く馬車』 ⑤日本詩人クラブ・茨城詩人協会・「ERA」

安森ソノ子（やすもり　そのこ）①京都府京都市 ②一九四〇 ③京ことば ④詩集『京ことばを胸に』・

英日語詩集『紫式部の肩に触れ』ほか計10冊　⑤日本ペンクラブ・日本現代詩人会・日本詩人クラブ

山内理恵子（やまのうち　りえこ）①東京都葛飾区　②一九六三　③東京現代口語　下町　④詩集『大人になれない子供たちより』『青い太陽』　⑤「SPACE」

山田由紀乃（やまだ　ゆきの）①福岡県福岡市　②一九四七　③福岡市の地元の人が使う方言　④詩集『マーマレードをつくる日』『帰る日』『小さな地球儀』　⑤福岡県詩人会・日本現代詩人会・日本詩人クラブ・「花筏」

吉田享子（よしだ　きょうこ）①大阪府高槻市　②一九四七　③大阪弁　④詩集『空からの手紙』

吉田定一（よしだ　ていいち）①大阪府高石市　②一九四一　③関西弁　④詩集『You are here』『胸深くする時間』『記憶の中のピアニシモ』　⑤関西詩人協会・文芸誌「伽羅」主宰

吉田義昭（よしだ　よしあき）①東京都板橋区　②一九五〇　③日常語　④詩集『結晶体』『幸福の速度』ほか　⑤日本詩人クラブ

吉中陽子（よしなか　ようこ）①高知県安芸郡　②一九四五　③土佐・野根語　④詩集『めざめる水』『野根川』『野根大橋』『日々の中で』『をなごの思う詩』

若窪美恵（わかくぼ　みえ）①福岡県北九州市　②一九五九　③北九州弁　④詩集『森通い』・作品集『イスノキ』　⑤文芸同人誌「海峡派」

おわりに

「全国生活語詩の会」代表　永井ますみ

コロナ禍も三年続き、本の出版はともかく、人と会うなという期間が長引いています。二〇二〇年から始まったコロナ禍のために北上市の「日本現代詩歌文学館」で実施予定であった「大朗読会」は遂に敢行できませんでした。二〇二一年の二月の初めに、斎藤彰吾さんをはじめとする生活語詩の会メンバーが集まって準備会を開いてくださいました。

場所はご希望どおりの日本詩歌文学館をすでに押さえてあるが、キャンセル直前の四月に開催するかどうかを決定するという考えのもとに「全国放言詩のつどい」というタイトルで集まろうと決まって、会長・斎藤彰吾さん、副会長・山下正彦さん、会計・児玉智江さん、会費は二〇〇〇円としました。という連絡を受け、ウキウキする反面コロナ禍が不安でした。

案の定、予定の六月五日は第四波という感染者数の大波を被ってしまい、各地のイベントと共に見送りの止むなしとなってしまいました。ここで正式にご報告とさせていただきます。

今は二〇二二年九月です。第六波の感染者数を超える第七波が到来して、感染者数は八月初め頃に最多に達しました。身近な方々の「感染しちゃった」の声も聞いて身の引き締まる感じはいたします。

しかしながら、この調子だったら死ぬまで不要不急とされる外出は諦めなければならないのでしょうか。社会通念と一呼吸置いた処にある、「詩を書く」ということ、「詩を読む」ということ、「詩を書く人と会う」ことは、決して不要不急ではないと大きな声で言いたい。ということで、今回も「北上で逢いましょう」を合言葉にしたい。岩手の方々、是非とも準備方をお願いいたします。

朗読会の前か後には芭蕉の詠う、奥州藤原氏の降り残した中尊寺金色堂も行ってみたいし、宮沢賢治の種山ヶ原の風にもあたってみたい。なにより優しい北の詩人たちと密接したいと思っています。

このアンソロジーにも参加している彼末れい子さんに「ひょうたん笛」を持っていくようにお願いしていますので、皆で宮沢賢治の「星めぐりの歌」をひょうたん笛の演奏のもとで歌いましょう。地球というテーマにピッタリの曲だと思います。

あかいめだまのさそり
ひろげた鷲のつばさ
あをいめだまの小いぬ
ひかりのへびのとぐろ
オリオンは高くうたひ
つゆとしもとをおとす

アンドロメダのくもは
さかなのくちのかたち
大ぐまのあしをきたに
五つのばしたところ
小熊のひたいのうへは
そらのめぐりのめあて

（宮沢賢治詩・作曲「星めぐりの歌」）

ただ、あまりにも集まるなと言われるので逆に集まりたい。北上でするのと連動して関西圏で「中朗読会」ぐらいしても良いかなと考えています。この本が仕上がる頃には場所や日程を決めてしまいたいと思いますのでよろしくお願いします。

今回のテーマを「地球でどうか」と聞いたとき、生活語と地球との大きさの違いを考えて「どうかって、どうかな」と思いました。地球に生まれて地球に暮らしているのだからと言われればそうかと思い、参加者の皆さんにも「どうかって、どうやろ」と考えていただこうと思った次第です。

地球といえば、子どもの頃は何も知りませんでした。小学校低学年の頃、家に裸電灯がようやくつき、神戸の叔父さんがくれた大きな真空管のラジオの番組を（「剣を持っては日本一の夢は大きな少年剣士……」と堂々巡りをするあれですが）夕方には聞いていました。新聞の配達は受けていませんでした。学校の帰りに「今、戦争があって……」という話を誰かに聞かされて、途轍もなく怖ろしく感じたものです。それは多分ベトナム戦争のことだったと、今にして思います。あれからでも地球はどれだけ戦争の傷みを負わされてきたことでしょう。カンボジアであり、中東であり、イスラエルであり、今のウクライナとロシアにしても、是に至るまでの戦争があったのです。

案の定というか、今回のアンソロジーも身近な自然から入っている詩が一番多く、次に地球規模とか宇宙規模というか、大きな視点からの詩。そして戦争、コロナ、記憶や幻想から構築された詩という感じです。参加者一二二名、一五一作品の生活語を使った詩群のなかで、読む私も、作者の思いに、より密接しますね。

追記

このあとがきを書いて少しした頃、九月二十九日の午後に有馬敲さんの奥様から電話をいただきました。それによると二十三日朝に倒れられて、以前に診療を受けたことのある病院へ入院したそうです。検査で脳出血それも脳幹部への出血なので手術は難しいし、出来ても意識の回復は難しいと言われたそうです。そして二十四日には亡くなられ、二十五日に葬儀も済ませたということでした。

思えばこの『現代生活語詩集』に関わり、ビデオで朗読を撮って廻るようになってから有馬敲さんとはよく各地でご一緒しました。

それは二〇〇九年名古きよえさん主催の音と詩の会『大空襲310人集』と『現代生活語・ロマン詩選』との出会いから始まりました。二年に一回発行される「生活語詩集」の自作詩朗読をビデオ収録するべく各地へ行ったのですが、その中で有馬敲さんの同道された場面のみを抜き出してみます。

二〇一一年　五月四日「詩朗読きゃらばん・北上」では現代日本詩歌文学館の庭で開催。

同年　五月八日　大阪藤田邸跡公園で「詩朗読きゃらばん・大阪」

同年　六月十九日には隅田河畔のそら庵で、

同年　十月二十三日「敦賀で集う暮らしの詩の朗読会」と称してプラザ萬で行い、

翌二〇一二年一月二十九日は沖縄のローズルームにて、

同年　四月二十八日「現代詩朗読会 in 岡山」きらめきプラザ、

同年　五月四日「現代生活語詩朗読会 in 福岡」リード カフェ、

同年　五月六日「詩朗読きゃらばん in 宮崎」喫茶 詩季、

同年、九月二十三日「詩朗読きゃらばん・札幌」北海道立文学館ロビーと、南から北までのきゃらばんに出演されました。

近いところで二〇一三年三月十七日「詩朗読きゃらばん・大阪」はギャラリーMAGで。同年、四月十三日は「平成25年度　山形県詩人会総会」で〝有馬敲氏を囲む朗読会及び講演〟として山形グランドホテルで行われました。

同年、九月二十三日は「しまね文芸フェスタ2013」ビッグハート出雲に参加。同年、十一月二十一日は「詩朗読きゃらばんで出会った詩人たち（1）神戸」として、最初のゲストとして朗読していただきました。場所は神戸芸術センター・シューマンホールです。

二〇一四年三月二十二日、エルおおさかプチ・エルで「第二回詩朗読きゃらばんで出会った詩人たち」として青森の渋谷聡さんをお招きしましたが、その時にも来ていただきました。

二〇一五年三月二十一日には「詩朗読きゃらばん・京都」をウイングス京都・音楽室で行いました。各地に行くのではなく、逆に皆さんに大阪へ来ていただこうと、二〇一七年四月一日に大阪キャッスルホテルで企画し、アンソロジー『現代生活語詩集2016　喜怒哀楽』の出版記念大朗読会を開催。参加者三十八名が一気に朗読。次の二〇一九年三月三十一日は同所で『現代生活語詩集2018老若男女』大朗読会を催し朗読者三十九名。

このままの勢いで、次回は二〇二一年六月に北上で開催しましょうということだったのが、コロナ禍で削がれました。有馬さんも当然そのつもりでスタンバイしておられたのにです。

こうして話はあとがきの書き出しに戻るのです。有馬さん一緒に行きましょうね。

全国生活語詩の会

監　修　　　有馬　敲
代　表　　　永井ますみ

〈編集委員〉
北海道　　　村田　譲
東　北　　　斎藤彰吾
関　東　　　黒羽英二／佐相憲一
中　部　　　こまつかん
北　陸　　　金田久璋
関　西　　　榊　次郎
中　国　　　洲浜昌三
四　国　　　牧野美佳
九　州　　　働　　淳
沖　縄　　　ムイ・フユキ

現代生活語詩集 2022　地球・THE EARTH

2022 年 11 月 1 日　第 1 刷発行
編　集　全国生活語詩の会
発行人　左子真由美
発行所　㈱ 竹林館
　　〒 530-0044　大阪市北区東天満 2-9-4　千代田ビル東館 7 階 FG
　　Tel　06-4801-6111　Fax　06-4801-6112
　　郵便振替　00980-9-44593　URL http://www.chikurinkan.co.jp
印刷・製本　モリモト印刷株式会社
　　〒 162-0813 東京都新宿区東五軒町 3-19

ISBN978-4-86000-484-2　C0092